Catherine Cusset

Hockneys Leben

CATHERINE CUSSET

# HOCKNEYS LEBEN

Roman

Aus dem Französischen
von Maja Ueberle-Pfaff

OKTAVEN

Die Originalausgabe mit dem Titel *Vie de David Hockney* erschien
2018 bei Éditions Gallimard, 5 rue Gaston-Gallimard, 75007 Paris.

1. Auflage 2019

**Oktaven**

ein Imprint des Verlags Freies Geistesleben
Landhausstraße 82, 70190 Stuttgart
www.geistesleben.com

ISBN 978-3-7725-3014-2

ⓔ auch als eBook erhältlich

# INHALT

Dieses Buch ist ein Roman. Alle Fakten sind wahr und belegt. Erfunden habe ich die Gefühle, die Gedanken, die Dialoge. Dabei handelt es sich streng genommen eher um Intuition und um Rückschlüsse als um Erfindung: Mein Ausgangspunkt waren die zahlreichen Aufsätze, Biografien, Interviews, Kataloge und Artikel, die über David Hockney veröffentlicht wurden. Ich habe nach dem Zusammenhang gesucht und die Puzzleteile kombiniert. Das Porträt, das ich hier zeichne, spiegelt meine eigene Sicht auf sein Leben und seine Person wider, auch wenn mich seine Person, seine Werke und seine Worte dazu inspiriert haben. Ich hoffe, dass der Künstler dies als eine Hommage verstehen wird.

Warum Hockney? Ich bin ihm nie begegnet. Es mutet eigenartig an, sich der Existenz einer lebenden Person zu bemächtigen und sie zu einem Roman zu verarbeiten. Doch in Wahrheit hat die Person sich meiner bemächtigt. Was ich über Hockney gelesen habe, hat mich begeistert. Seine Freiheit hat mich fasziniert. Ich hatte das Bedürfnis, dokumentarisches Material, das den Leser ausschließt, in eine Erzählung zu verwandeln, die den Weg des Künstlers von innen her beleuchtet, indem sie sich der existenziellen Fragen annimmt, jener Fragen also, die um Liebe, Kreativität, Leben und Tod kreisen.

# I

# EIN GROSSER BLONDER IM WEISSEN ANZUG

Sein Vater war überzeugter Pazifist. Ken Hockney hatte gesehen, was der Erste Weltkrieg bei seinem älteren Bruder angerichtet hatte, der nach einem Giftgasangriff als Gespenst, geradezu zerstört nach Hause zurückgekehrt war. 1939 widersetzte er sich dem neuerlichen Krieg. Er verlor seine Arbeit und das Recht auf staatliche Unterstützung, machte sich viele Feinde und wurde von Nachbarn geringschätzig behandelt. «Kinder, kümmert euch nicht darum, was die Nachbarn denken» – so lautete die wichtigste Lektion, die er an seine vier Söhne und seine Tochter weitergab.

Ken hatte kein Geld, aber an Phantasie mangelte es ihm nicht. Er holte kaputte, ausrangierte Kinderwagen von der Müllhalde und reparierte und bemalte sie, sodass sie aussahen wie neu. Nach dem Krieg wandte er dieselbe Methode auf Fahrräder an. Als kleiner Junge konnte sich David nichts Schöneres vorstellen als den Moment, in dem der Malerpinsel des Vaters auf den Rahmen eines Fahrrads traf. In Sekundenschnelle wurde das rostige Material wie durch Zauberkraft leuchtend rot. Die Welt wechselte die Farbe.

Er war stolz auf seinen Vater, den seine Mutter stirnrunzelnd einen «wahren Künstler» nannte. Erfinderisch, wie er war, konnte Ken sich elegant kleiden, ohne einen einzigen Penny auszugeben. Er beklebte seine Krägen und Krawatten mit Papier, das er mit bunten Tupfen und Streifen bemalt hatte. David bewunderte seine Pfiffigkeit. Wenn Ken die Fahrräder wiederhergerichtet hatte, setzte er eine knappe Anzeige mit der Nummer der nächsten öffentlichen Telefonzelle in die Zeitung, trug einen Sessel auf die Straße und machte es sich neben der Zelle bequem, bei Regen unter einem Schirm. Das war sein Laden. Als ihm einmal die Idee kam, das Haus müsse dringend renoviert werden, nagelte er Bretter auf die Türen und malte Sonnenuntergänge darauf. Der kleine David konnte sich daran gar nicht sattsehen.

David erinnerte sich später vage an die Flugzeuge, die über ihre Köpfe hinwegflogen, und an den Tag, an dem er mit seinen beiden Brüdern, seiner älteren Schwester und seiner im neunten Monat schwangeren Mutter evakuiert wurde. Keine Erinnerung aber besaß er an das Entsetzen seines großen Bruders, der während der Bombenangriffe die Hand der Mutter vor Angst fast zerquetschte – «Bitte, Mama, bete für uns» –, oder an die Bombe, die mehrere Häuser in ihrer Straße in Trümmer legte und die Fenster aller übrigen, außer ihrem, zerbersten ließ. Seine Kindheit bestand aus Spielen im Freien mit seinen Geschwistern, Streifzügen durch den Wald, Fahrradausflügen auf den Landstraßen der Umgebung, ruhigen Stunden in der Sonntagsschule, in denen die Kinder auf die ausgeteilten Papierbögen das zeichneten, was sie an jenem Tag in der Messe gehört hatten: Jesus, der über das Wasser wandelte, Jesus, der von den Toten auferstand. Bei Pfadfinderlagern führte er das Logbuch, in dem er die Aktivitäten in Form von Bildern festhielt. Samstags nahm der Vater die Kinder ins Kino mit, wo sie sich Superman, Charlie Chaplin oder Laurel und Hardy ansahen. Er kaufte Plätze für Sixpence, die billigsten, in den ersten drei Reihen, und manchmal hatte David, weil die Leinwand so nah war, das Gefühl, als tauchte er in die Welt des Films ein. An Weihnachten ging die Familie in das Alhambra und sah sich eine Panto an, eine unterhaltsame Mischung aus Komödie, Märchen und Musical, bei der sie sich vor Lachen ausschütteten. Sonntags durften David und seine Geschwister ihre Freunde zum Tee einladen, den ihre Mutter zubereitete. Ein appetitlicher Duft nach frisch gebackenem Kuchen durchzog das Haus, der Tisch bog sich unter Scones, Mini-Sandwiches und Marmelade, durch die Küche schallte das Gelächter der Kinder, die sich so oft nachnehmen durften, wie sie wollten, vier, fünf oder sechs Mal.

David wusste nicht einmal, dass die Familie arm war. Sein größtes Vergnügen war ohnehin gratis: Er nahm den kostenlosen Doppeldecker, stieg die Stufen in die obere Etage hinauf und versuchte, einen Platz ganz vorne zu ergattern, mal neben einem Mann, der ihm seinen Zigarettenrauch ins Gesicht blies, mal neben einer alten Dame, die er mit höflichen Entschuldigungen dazu nötigte, ihre Einkaufstasche auf den Boden zu stellen. Durch die breite Fensterscheibe blickte er auf die Straße hinab oder ließ die Landschaft in der Ferne an sich vorüberziehen. Dasselbe Vergnügen empfand er als Heranwachsender, wenn er sein Fahrrad von dem Bauernhof, auf dem er zwei Sommer lang aushalf, bis zum Gipfel des Garrowby Hill schob. Von dort oben konnte er die ganze Tiefebene um York überblicken, ein Panorama von 160 Grad, ohne jedes Hindernis. Was gab es Schöneres?

Ihm mangelte es an nichts, außer an Papier. Für einen Jungen, der so gern zeichnete, stellte die Papierknappheit der Nachkriegszeit ein echtes Problem dar. David zeichnete auf alles, was er in die Finger bekam: die Ränder von Schulbüchern und Schulheften, Zeitungen, Comics. Manchmal rief einer seiner Brüder wütend: «Jetzt hast du die Sprechblasen aber genug vollgeschmiert. Man kann sie ja kaum noch lesen!» Konnte man vom Zeichnen leben? Ja, wenn man ein Künstler war. Was war ein Künstler? Jemand, der Weihnachtskarten entwarf oder Filmplakate. Es gab vierzig Kinos in ihrer Stadt und überall hingen Plakate. Auf einem war ein Mann abgebildet, der sich über eine Frau beugte, im Hintergrund glühte ein Sonnenuntergang. David studierte es eingehend. So etwas konnte er auch, sogar noch besser. Und am Abend oder sonntags nach der Kirche würde er zeichnen können, wonach ihm der Sinn stand, ganz für sich allein. Wenn dann die Rechnungen bezahlt waren und etwas Kleingeld übrig blieb, würde er sich Papier kaufen können. Es wäre ein gutes Leben.

Der kleine David träumte.

Er war aber nicht nur ein Träumer, sondern auch ein guter Schüler. Er hatte ein Stipendium für die beste Grammar School erhalten. In der Schule war er beliebt, weil er ein Spaßvogel war und gut zeichnen konnte. Wenn seine Schulkameraden ihn baten, für ihren Club ein Plakat zu entwerfen, zierte sich David nicht lange. Seine Zeichnungen hingen an einer Tafel im Eingangsbereich der Schule, der bald für ihn zu einer Art privatem Ausstellungsraum wurde. Sie wurden oft geklaut, doch das störte ihn keineswegs. Im Unterricht zeichnete er, statt sich Notizen zu machen. Als sein Englischlehrer ihn einmal aufforderte, seine Hausaufgabe laut vorzulesen, und er antwortete, er habe keine, dafür aber «das hier» gemacht, und ihm ein aufwendig als Collage gestaltetes Selbstporträt zeigte, hielt die Klasse gespannt den Atem an, bis der Lehrer ausrief: «Aber das ist ja großartig, David!»

Eine glückliche Kindheit. Natürlich zankte er sich mit seinen Geschwistern, zerstritt sich mit seinen Freunden und wurde zu Unrecht bestraft. Doch der Groll hielt nie lange an. Bis zum vierzehnten Lebensjahr hatte er die Beschränktheit der Menschen noch nicht kennengelernt.

Er war knapp vierzehn, als der Schuldirektor seinen Eltern schrieb und ihnen empfahl, ihren Sohn auf eine Kunstschule zu schicken. David konnte zwar in den üblichen Schulfächern sehr gute Erfolge aufweisen, aber das Zeichnen war seine Passion und sein Talent, daran bestand kein Zweifel. Er war dem

Schulleiter, der so viel Verständnis für ihn aufbrachte, ungeheuer dankbar, aber ebenso seinen Eltern, die ihn genug liebten, um einem Wechsel auf eine Berufsfachschule – eine weniger angesehene Einrichtung – zuzustimmen. Sie vereinbarten einen Termin mit der Bradford School of Art, David zeigte seine Zeichnungen und wurde zugelassen. Als Stipendiat musste er allerdings noch die Genehmigung des Bildungsbeauftragten der Stadt einholen. Dessen Antwort traf einen Monat später ein: «Nach eingehender Prüfung der Akte ist das Komitee zu dem Schluss gelangt, dass es im Interesse Ihres Sohnes liegt, seine Ausbildung auf einer allgemeinbildenden Schule abzuschließen, bevor er sich auf Kunst spezialisiert.»

Ein Einspruch war nicht möglich. David musste weiterhin die Grammar School besuchen, die ihm zugewiesen worden war, und zwei Jahre lang von morgens bis abends Mathematik, Englisch, Geschichte, Geografie, Französisch und Chemie pauken. Kunstunterricht fand natürlich nicht statt. David war noch nie im Leben so wütend gewesen. Für den Bürokraten, der den Brief unterzeichnet hatte, wogen zwei Jahre nicht schwerer als die zwei Sekunden, die es ihn gekostet hatte, seine Unterschrift unter den Brief zu setzen. Was gab diesem Menschen, dem er nie begegnet war, die Berechtigung, über sein Leben zu bestimmen? Er würde diesem Faschisten zeigen, wozu er fähig war! Er hörte auf zu lernen, seine Noten wurde immer schlechter, die Zahl der Verwarnungen nahm zu. Es war ihm egal. Dann würden sie ihn eben der Schule verweisen und er würde sein Stipendium verlieren. Ein schöner Schlamassel, wie seine Lehrer es ausdrückten. Umso besser! Aber es gab einen Engel, der über ihn wachte: seine Mutter, die nicht versuchte, ihn zur Vernunft zu bringen. Sie klopfte bei einem Nachbarn an, der an der Bradford School of Art Zeichnen unterrichtete, und bat ihn, ihrem Sohn Privatunterricht zu geben, ohne Bezahlung. Der Schüler war begabt, der Lehrer willigte ein. Der abendliche Unterricht, einmal pro Woche, schuf den Raum, den David zum Atmen brauchte, und seine Noten verbesserten sich wieder.

Am Nachmittag ging er manchmal, statt Hausaufgaben zu machen, ins Kino. Er hatte eine Methode gefunden, wie er umsonst hineinkam: Er stellte sich an den Ausgang, wartete, bis jemand die Tür öffnete, und schob sich dann rückwärts hinein, um den Eindruck zu erwecken, dass er just das Kino verließ. Als er eines Tages, vollständig absorbiert von einem amerikanischen Gangsterfilm mit Humphrey Bogart, im Dunkeln saß, bemerkte er zunächst gar nicht, dass sich ein Mann in dem fast leeren Saal neben ihn gesetzt hatte. Auf einmal griff eine Hand nach seiner und legte sie auf etwas Heißes, Hartes, Haariges. David schlug das Herz bis zum Hals. Er hatte Angst, aber er wehrte sich nicht. Die Hand, die auf seiner lag, zwang diese zu einer immer schnelleren Auf- und Abbewegung, bis der Mann plötzlich aufstöhnte. Er schlich sich vor dem Ende des Films aus dem Saal. Als David mit glühenden Wangen und klebrigen Fingern ebenfalls hinausging, konnte er an nichts anderes mehr denken als an die Szene, die sich soeben abgespielt hatte. Angst war demnach nicht unvereinbar mit Genuss? Das eben war das Aufregendste gewesen, was ihm je passiert war, und er durfte seiner Mutter nichts davon erzählen. Konnte etwas, das so viel Lust bereitete, schlecht sein? Seine Mitschüler redeten ständig über Mädchen. Kein Mädchen hatte bei ihm je dieses Erschauern ausgelöst.

Er war sechzehn, als er die Grammar School abschloss. Weder seine älteren Brüder noch seine Schwester hatten eine Universität besucht. Paul, der ebenfalls viel zeichnete, hätte gerne Grafik studiert, aber er hatte sich nach der höheren Schule eine Büroarbeit suchen müssen. Es wäre deshalb ungerecht gewesen, den kleinen Bruder auf eine Kunsthochschule zu schicken. «Warum suchst du dir nicht eine Stelle in einem Betrieb für Werbegrafik in Leeds?», schlug die Mutter vor. David stellte eine Mappe mit Zeichnungen zusammen, schwang sich auf sein Rad und zog los, um sich bei potenziellen Arbeitgebern vorzustellen. Nicht ungern berichtete er anschließend zu Hause von deren Reaktion: «Man muss sich erst einmal die Grundlagen aneignen, mein Junge.» Als eine Firma ihm zur Ausbildung ein unbezahltes Praktikum anbot, mit der Aussicht auf eine anschließende Festanstellung, bat sich David Bedenkzeit aus. Er hütete sich, seiner Mutter davon zu erzählen.

Am Ende lenkte sie ein. Sie schrieb für ihn an das Bildungsreferat der Stadt Bradford, das ihm ein Stipendium in Höhe von 35 Pfund zuerkannte. Das war wenig, aber sein Bruder verdiente kaum

das Doppelte für eine sterbenslangweilige Büro-
tätigkeit. David arbeitete den Sommer über auf einer
Farm, wo er Maiskolben bündelte und stapelte, und
betrat im September sonnengebräunt die Bradford
School of Art. Vorher hatte sein Vater ihn in einem
Secondhandladen neu ausstaffiert. Mit seinem langen roten Schal, dem gestreiften Anzug mit den zu
kurzen Hosenbeinen und dem runden Hut auf dem
schwarzen Haar sah er aus wie ein russischer Bauer;
seine Kommilitonen gaben ihm denn auch den Spitz-
namen Boris.

Sie mochten ihn nennen, wie sie wollten, und sich
über ihn lustig machen: Er lachte gutmütig mit. Ihn
brachte so schnell nichts in Rage. Nach zwei Jahren
Wartezeit stand es ihm endlich frei, von morgens bis
abends seiner Leidenschaft zu frönen, dem Malen
und dem Zeichnen. Als der Leiter der Art School ihn
aufforderte, sich für eines von beiden zu entscheiden, antwortete er ohne Zögern: «Ich will Künstler
werden.» – «Sind Sie Privatier?», lautete die erstaunte Rückfrage des Direktors. David, der dieses Wort
nicht kannte, blieb stumm. «Dann werden Sie Grafik
studieren», entschied der Mann, der ihm damit einen
Gefallen zu tun glaubte, denn es handelte sich um
den kommerziell orientierten Zweig der Schule und
damit die Garantie, dass der Absolvent später seinen
Lebensunterhalt verdienen konnte. Nach zwei Wochen beantragte David, wechseln zu dürfen. «Dann
müssen Sie eine Ausbildung zum Lehramt machen»,
hieß es. Er war einverstanden. Alles, was sie wollten,
wenn sie ihn nur malen ließen.

Sein privater Zeichenlehrer vom Vorjahr hatte ihn vor einer Gefahr gewarnt, die den Studenten der Bradford School of Art drohte: dem Müßiggang. David arbeitete zwölf Stunden am Tag. Er wollte alles lernen: Anatomie, Perspektive, Zeichnen, Radierung, Ölmalerei. Zeichnen nach Vorlagen und nach der Natur. Die Kommentare, die die Dozenten zu seinen Arbeiten abgaben, sog er begierig auf, denn sie sahen Dinge, die er nicht bemerkt hatte, und erweiterten und vertieften damit seine eigene Wahrnehmung. Ein junger Professor namens Derek Stafford vermittelte ihm die Einsicht, dass eine Zeichnung nicht einfach eine Imitation war, sondern ein geistiger Akt. Man musste nachdenken, sich bewegen, seine Perspektive ändern, den Gegenstand aus mehreren Blickwinkeln betrachten. David war noch nie einem so intelligenten und kultivierten Menschen wie Derek begegnet. Der Professor stammte nicht aus Bradford. Er hatte sein Studium an der vielleicht weltbesten Hochschule für Kunst, dem Royal College of Art in London, wegen des Kriegs unterbrechen müssen. Er war durch Frankreich und Italien gereist und ungeheuer belesen. Er lud seine Studenten zu sich ein, bot ihnen Zigaretten an, ließ sie französischen Wein kosten und in sein Badezimmer kübeln. Er riet ihnen, nach London zu gehen, das sei unerlässlich. Mit achtzehn fuhr David zum ersten Mal im Leben in die Hauptstadt, in Begleitung von Freunden, die er beim Kunstunterricht kennengelernt hatte. Sie fuhren über Nacht per Anhalter und erreichten die Hauptstadt bei Tagesanbruch, kauften Tickets für die Circle Line, die immer im Kreis fuhr, und schliefen in der U-Bahn, bis die Museen öffneten. David sah an einem Tag mehr Kunstwerke als in allen vorausgegangenen Jahren zusammen. Er entdeckte Francis Bacon. Dubuffet. Und Picasso. An der Bradford School of Art gab es einen jungen Mann, der Picasso genannt wurde, weil er nicht zeichnen konnte. David schüttelte den Kopf: Die Leute täuschten sich, Picasso konnte sehr wohl zeichnen!

Nach zwei Jahren in Bradford besaß er die Chuzpe, der Leeds Art Gallery zwei Bilder für die zweijährliche Ausstellung von Künstlern aus Yorkshire anzubieten. Schlimmstenfalls würden sie eben abgelehnt werden. Zu seiner Überraschung wurden die Werke angenommen. Man musste also etwas wagen, man durfte nicht zu sehr darauf achten, was den Konventionen entsprach und was nicht. So kam man voran. Einen Preis legte er nicht fest, das wäre zu unverfroren gewesen, schließlich war er noch Schüler. Auf der Vernissage, bei der Sandwiches und Tee serviert wurden, überkam ihn das beglückende Gefühl, dass er sich zu Recht an diesem Ort befand. Er war erst achtzehn Jahre alt und gehörte schon dazu. Er hatte seine Eltern eingeladen, und ihr Stolz auf den Sprössling, dessen Bilder neben denen seiner Lehrer hingen, hob sein Selbstbewusstsein zusätzlich. Kurz nach ihrer Abreise kam ein Mann auf David zu und bot ihm zehn Pfund für das Porträt seines Vaters. Zehn Pfund! Mehr als ein Viertel seines Stipendiums, mit dem er drei Monate auskommen musste, für ein Bild? David klappte schon den Mund auf, um Ja zu sagen, als ihm bewusst wurde, dass die Leinwand nicht ihm gehörte. Bezahlt hatte sie sein Vater, er selbst hatte sie nur bemalt. «Einen Moment!» Er stürzte ans Telefon, um seinen Vater anzurufen, der mit großer Genugtuung vernahm, dass jemand sein Porträt kaufen wollte – trotz des schlammbraunen Farbtons, den sein Sohn gegen seinen ausdrücklichen Rat für das Gesicht verwendet hatte, mit dem Hinweis, auf der Bradford School sei das so üblich. Auch als er die zehn Pfund in der Tasche hatte, konnte David es noch nicht fassen und rief seine Mutter an: «Mama, ich habe Papa verkauft!» Mrs. Hockney prustete los. Zur Feier des Tages lud David seine Freunde am Abend ins Pub ein. Das Vergnügen kostete ihn die astronomische Summe von einem Pfund, aber es blieben immer noch neun Pfund für Farben und Leinwände.

Derek und London hatten seinen Horizont erweitert. Er hatte verstanden, dass man nicht in Bradford bleiben konnte, wenn man Künstler werden wollte. Er musste nach London gehen und an einer Kunsthochschule studieren, die diesen Namenn verdiente. Zwei Sommer in Folge verbrachte er damit, die Straßen von Bradford nach der Natur zu malen. Farben und Pinsel transportierte er in einem Kinderwagen, den sein Vater repariert hatte. Er bat seine Mutter, einen Teil des Hauses als Atelier nutzen zu dürfen. Sie regte sich auf, wenn er den Fußboden mit Farbe bekleckste und seine Farbtuben nicht zudrehte, sie kritisierte seine Nachlässigkeit und seinen mangelnden

Respekt vor fremdem Hab und Gut, aber er wusste, dass sie ihn immer unterstützen würde. Sie war auf seiner Seite. Im Frühjahr '57, er war keine zwanzig, war die Mappe fertig. Er schickte sie ans Londoner Royal College of Art und an eine andere Kunstschule, The Slade, um seine Chancen zu verdoppeln, denn das Royal College nahm nur einen von zehn Bewerbern an. Er wurde zu einem Gespräch eingeladen und fuhr nach London. In der Nacht davor tat er kein Auge zu, denn er wusste sehr wohl, dass er sich in vielen Bereichen nicht auskannte und dass er seinen Rivalen, die im Dunstkreis der Museen aufgewachsen waren, unterlegen war.

Er wurde angenommen.

Bevor er sein Studium beginnen konnte, musste er seinen Militärdienst ableisten. Als Wehrdienstverweigerer aus Gewissensgründen, wie sein Vater, wurde er in der Krankenpflege eingesetzt, zunächst in einer Klinik in Leeds, dann in Hastings, und in den folgenden zwei Jahren kümmerte er sich von morgens bis abends um alte und kranke Menschen, rieb ihre gebrechlichen Körper mit Salbe ein und wusch die Toten. Zum Malen blieb keine Zeit, er konnte kaum einen klaren Gedanken fassen. Abends schlief er über der Lektüre von Proust ein, von dem er nicht allzu viel begriff. Doch er würde diese anstrengende, wenig gewürdigte Arbeit nicht sein ganzes Leben lang verrichten müssen und war sich dieses Privilegs sehr bewusst. Das Royal College erwartete ihn.

Und dann konnte er endlich loslegen.

Er lebte in London, besuchte die angesehenste Kunsthochschule von ganz Großbritannien, eine der besten überhaupt. Seine neuen Mitstudenten äußerten sich im Brustton der Überzeugung zu Themen, über die er noch nie nachgedacht hatte. Als einer von ihnen lautstark tönte: «Nach Pollock kann man nicht mehr wie Monet malen!», wurde David rot, als sei von ihm selbst die Rede. Er fand heraus, dass das gegenständliche Malen der Vergangenheit angehörte, dass es antimodern war. Die französischen Maler interessierten die anderen Studenten nicht. Er hätte sich geschämt, ihnen das Porträt seines Vaters zu zeigen, das er vier Jahre zuvor mit so viel Stolz verkauft hatte; es war im Stil der Euston Road School gemalt, erinnerte an französische Künstler wie Vuillard und Bonnard. Neuerdings zählte nur noch die abstrakte Malerei aus den USA – großformatige Gemälde, die nichts darstellten und keine Titel mehr trugen, sondern Ziffern. Auch David hatte natürlich im Winter 1959 in der Tate Gallery die große Ausstellung «The New American Painting» über den amerikanischen abstrakten Expressionismus gesehen und De Kooning, Pollock, Rothko, Sam Francis und Barnett Newman entdeckt. Diese Ausstellung, wie später eine ähnliche in der Whitechapel Gallery, hatte sein Kunstverständnis erschüttert. Man malte zeitgenössisch oder gar nicht.

Was würde er als Erstes malen? Sicher nichts Gegenständliches. Er sprach ohnehin mit einem starken Yorkshire-Akzent und hatte furchtbare Angst, für einen Provinzler, einen Sonntagsmaler gehalten zu werden. Er musste auf sicherem Terrain bleiben, und das bedeutete zeichnen. Ein menschliches Skelett, das in einem der Säle hing, lieferte ihm die nötige Inspiration. Ein Skelett, das war originell. Eine große, sehr detaillierte Zeichnung würde die Qualität seiner Ausbildung im Hinblick auf Anatomie und Perspektive erkennen lassen.

Sein Skelett erfreute sich allgemeiner Aufmerksamkeit. Es wurde als Glanzleistung bezeichnet. Die erste Hürde war überwunden, er hatte sich nicht lächerlich gemacht. Danach war ihm ein wenig wohler. Einer seiner Kommilitonen bot ihm sogar fünf Pfund für die Zeichnung, ein Amerikaner, ein Sohn aus reichem Hause und ehemaliger G.I., der mit einem großzügigen Stipendium der US-Army nach London gekommen war. Man musste schon Amerikaner sein, um für eine Schülerzeichnung fünf Pfund zu berappen! Ron war fünf Jahre älter als er, er war verheiratet und hatte ein Baby. Er wohnte in einem richtigen Haus, im Gegensatz zu David, der sich in dem dynamischen Londoner Künstlerviertel Earls Court ein winziges Zimmer mit einem anderen Studenten teilte. Ron malte langsam und scherte sich wenig um die Meinung der anderen. Seine geistige Unabhängigkeit erinnerte David an den Eigensinn seines Vaters. Sie wurden Freunde. Sie kamen beide früh in die Hochschule, früher als die anderen Studenten, und tranken einen Tee zusammen, bevor sie sich an die Arbeit machten. Sie unterhielten sich über Kunst, über Kunstgeschichte, über die Gegenwartskunst. David wusste schon länger, dass die Maler, die er in Bradford gekannt hatte – und dazu zählten auch seine Lehrer an der School of Art – keine Künstler waren. Endlich verstand er auch warum: Sie stellten sich keine Fragen zu ihrer eigenen Verortung innerhalb der Kunstgeschichte. Man konnte aber kein Künstler sein, ohne sich diese fundamentale Frage zu stellen und darauf eine Antwort zu finden. David hatte nicht mehr viel gemein mit dem naiven jungen Mann, der zufrieden stundenlange Spaziergänge unternahm, einen mit Farben und Pinseln beladenen Kinderwagen vor sich herschob und hie und da stehen blieb und einen Baum oder ein Haus malte. Gegenständliche Kunst war etwas für Plakatmaler und Leute, die Weihnachtskarten gestalteten. Er war dieser Falle um Haaresbreite entgangen, und die neue Atmosphäre, in der er schwelgte, hatte ihm die Augen geöffnet: Von nun an würde er ein Moderner sein. Ron nickte und lächelte.

David hätte glücklich sein müssen. Er hatte alles getan, um an dieser Hochschule angenommen zu werden. Als die Ergebnisse herausgekommen waren, hatte er das Gefühl gehabt, durch ein Nadelöhr geschlüpft zu sein, Zugang zum Paradies erhalten, sich endgültig vor dem Angestelltendasein gerettet zu haben, das seine Brüder, seine Schwester und seine Nachbarn in Bradford fristeten. Während seiner zwei Jahre als Krankenpfleger hatte er von seinem zukünftigen Leben geträumt und sich eine geduldige Erwartungshaltung zugelegt, weil er wusste, dass der Moment der Befreiung nahte, der ihn aus einem Jahrhundert des Schlafs erlösen würde. Nun war er endlich frei, und das lang erahnte, ersehnte, zu guter Letzt sogar greifbar gewordene Glück entglitt ihm. Zum ersten Mal im Leben machte ihm das Malen keine Freude mehr. Er verspürte eine merkwürdige Distanz zu seiner Arbeit, ihm fehlten Energie und Schwung. Vielleicht hatte er sich getäuscht. Vielleicht war er nur ein Hochstapler. Der Amerikaner hörte seinem 22-jährigen Freund zu, der ihm in seiner großen Ratlosigkeit seine Ängste offenbarte. Auch über anderes sprachen sie, über Politik, Literatur, Freundschaft, Liebe und über die vegetarische Ernährung, die David, wie seine Eltern, praktizierte. Durch die täglichen Gespräche mit Ron fühlte er sich zumindest weniger allein.

«Was du malen solltest», sagte Ron eines Tages, «ist das, was für dich zählt. Du musst dir keine Sorgen machen. Du bist zwangsläufig ein Gegenwartskünstler. Du bist es, weil du in deiner Zeit lebst.»

Das war ein interessanter Gedanke. Man musste sich gar nicht erst anstrengen, um der Gegenwart zugerechnet zu werden, man gehörte ihr zwangsläufig an. Rons Figuren sahen in der Tat nicht so aus, als hätten Manet oder Renoir sie gemalt. Auf jeden Fall musste sich etwas ändern. Wenn David die Freude am Malen nicht wiederfand, würde er wie eine alte, vertrocknete Zitrone enden, die auf einer Küchentheke liegen geblieben war … Und eigentlich hatte er gerade Lust, Gemüse zu malen. Niemand konnte ihm vorwerfen, das sei antimodern, denn die runden Formen wirkten mustergültig abstrakt. Danach malte er die Schachtel Typhoo-Tee, aus der er jeden Morgen, wenn er in die Hochschule kam, einen Beutel herausnahm, eine Schachtel, die ihn an seine Mutter erinnerte und mit der er jeden neuen Tag begrüßte. Ihm kam die Idee, neben den Worten «Typhoo Tea» noch hier und da einen Buchstaben oder eine Zahl einzufügen, die den Betrachter zwangen, nahe an das Bild heranzutreten, wenn er sie erkennen wollte. Auf diese Weise schmuggelte er ein wenig Menschlichkeit ins Bild. Die Buchstaben und Zahlen zogen den Betrachter an, statt ihn auf Distanz zu halten wie abstrakte Gemälde.

Rons Atelier in einem der Flure des Colleges grenzte an das eines anderen Studenten, und wenn David ihn nachmittags besuchte, plauderte er auch mit dem Flurnachbarn. Adrian war schwul, der erste offen schwule Mann, den der 22-jährige David kannte. Er wusste seit Langem, dass er Männer liebte, aber von einem aktiven, erfüllten Sexualleben konnte nicht die Rede sein. Es beschränkte sich auf gelegentliche, flüchtige Begegnungen, über die er an den Orten, die er allein aufsuchte, mit niemandem sprach. Einmal zog ihn einer seiner Kommilitonen grinsend zur Seite: «Ich hab' dich im Pub mit diesem Typen gesehen und ich weiß, was ihr gemacht habt!», und David wurde rot und schrecklich verlegen. Wie peinlich, dass ein unglücklicher Zufall den Mitstudenten in eine entfernte Bar geführt hatte, wo ihn ein Unbekannter befummelte, den er eine Stunde vorher in einem Kino am Leicester Square aufgegabelt hatte. Doch im Nachhinein geriet er über seine eigene Reaktion in Wut: Wäre er auch rot geworden, wenn ihn der Student mit einem Mädchen überrascht hätte? Und hätte dieser sich dann überhaupt zu einem Kommentar veranlasst gefühlt? Was gab dem Kerl das Recht, ihm gegenüber einen so plump vertraulichen, hämischen Ton anzuschlagen? David malte ein Bild, das er *Shame* nannte und auf dem keine andere Form zu erkennen war als ein erigierter Penis. Wenn er jetzt Adrian zuhörte, der ihm ohne Scheu von seinen homosexuellen Abenteuern berichtete, dachte er: «Genau so will ich leben.» Adrian empfahl ihm die Lyrik des amerikanischen Dichters Walt Whitman, den David bereits kannte, und die Gedichte des griechischen Schriftstellers Konstantinos Kavafis, von dem er noch nie etwas gehört hatte.

Im Sommer nach seinem dreiundzwanzigsten Geburtstag las er Whitman und Kavafis. Bücher von Whitman waren leicht aufzutreiben, die von Kavafis nicht. In der Stadtbibliothek von Bradford standen sie nicht im Regal, sie mussten aus einem Sondersaal geholt werden, der sogenannten «Hölle». Als er der Bibliothekarin die Signatur nannte, warf sie ihm einen argwöhnischen Blick zu. Dem verlorenen Sohn, der in London lebte und damit zweifellos dem Verderben anheimgefallen war, war alles zuzutrauen. Sicher würde er das Buch mit einer Hand haltend lesen, während er sich mit der anderen von der erregenden Spannung befreite, die die Lektüre auslöste. Am Ende des Sommers konnte er sich nicht entschließen, das Buch zurückzugeben. Das lag nicht nur an dem Unbehagen, das ihn bei dem Gedanken an ein neuerliches Stirnrunzeln der Bibliothekarin befiel; er konnte sich von Kavafis einfach nicht trennen. Das Buch und er gehörten zusammen.

Der Humor des griechischen Dichters hatte es ihm gleich angetan. Eines seiner Lieblingsgedichte trug den Titel *Warten auf die Barbaren*, und eine Zeile kehrte immer wieder: «Die Barbaren kommen heute.» Der letzte Vers offenbarte, dass die Barbaren, deren Kommen man so gefürchtet hatte, nun doch fernbleiben würden, und es hieß: «*Diese Menschen waren irgendwie doch auch eine Lösung.*» Wie wahr! Und wie sehr man ständig nach heuchlerischen Ausflüchten suchte! Wie sehr es den Menschen an Kühnheit und Freiheit mangelte! Die beiden Dichter, der griechische und der amerikanische, drückten all das aus, was David fühlte, und zwar in schlichten Worten, die er verstehen konnte, nicht so wie Proust, dessen Aussage sich ihm nicht erschloss. «And his arm lay lightly around my breast – and that night I was happy», schrieb Whitman über die Liebe zwischen zwei Männern. Die Zweifel des vergangenen Jahres waren endgültig ausgeräumt; man musste malen, was für einen selbst zählte. David war gerade dreiundzwanzig geworden. Es gab nichts Wichtigeres als Begehren und Liebe. Er musste beim Malen die Verbote unterlaufen, so wie es Whitman und Kavafis mit Worten gelungen war. Dazu konnte ihn kein anderer ermächtigen, kein Professor und kein Künstler. Diese Entscheidung musste er selbst treffen, sie betraf seine Kreativität, seine gelebte Freiheit.

In die nächste Bilderserie, die er an der Hochschule malte, schmuggelte er Worte oder sogar Sätze ein; einige stammten von Walt Whitman, beispielsweise *We two boys together clinging*, andere hatte er als Graffiti an der Tür der Männertoiletten in der U-Bahn-Station Earls Court gelesen, etwa «Ruf mich an unter …» oder «Mein Bruder ist erst siebzehn». Die Figuren waren geometrisch, wie auf Kinderzeichnungen, erkennbar durch ihr Haar, ihren Mund, ihre Zähne, ihre Teufelsohren oder den erigierten Penis. Um sich selbst in seine Bilder einzuschreiben, borgte sich David von Walt Whitman einen kindlichen Code, der darin bestand, dass er die Buchstaben des Alphabets durch Ziffern ersetzte; die Ziffern 4.8 erschienen winzig klein auf der Leinwand und ersetzten seine eigenen Initialen, die Ziffern 23.23 standen für Walt Whitman. Die Zahlen waren so winzig und fein gemalt, dass man sie auch bewusst übersehen und Davids neue Werke in einem rein ästhetischen Kontext interpretieren oder den Einfluss von Pollock oder Dubuffet ausmachen konnte. Seine Professoren merkten nichts (oder sie taten wenigstens so). Er hatte eine ausgezeichnete Möglichkeit gefunden, das System zu überlisten.

Er litt nicht mehr unter der inneren Orientierungslosigkeit des Vorjahrs, er malte unablässig, ein Bild nach dem anderen. Sein Tagesablauf nahm feste Formen an: Er kam früh, wenn noch niemand außer Ron in der Hochschule war, und malte zwei Stunden lang in Ruhe, bis die anderen Studenten eintrafen. Gegen 15 Uhr, wenn seine Mitstudenten ihre

Staffeleien stehen ließen und Tee tranken, verzog sich auch David und ging ins Kino, allein oder mit Ann, der hübschen rothaarigen Freundin eines seiner Kommilitonen, die amerikanische Filme ebenso liebte wie er. In die Hochschule kehrte er zurück, wenn die anderen nach Hause gingen, und arbeitete weiter bis spät in die Nacht. Wo hätte er auch sonst hingehen sollen? Aus dem winzigen Zimmer, das er sich mit einem Bekannten geteilt hatte, war er ausgezogen und wohnte nun auf demselben Grundstück und zum selben Preis in einem Gartenhäuschen. Das Alleinsein gefiel ihm, aber sein neues Domizil war so wenig komfortabel, dass er dort nichts anderes tun konnte als schlafen.

Im September war ein neuer Student gekommen, der Amerikaner Mark, offen homosexuell wie Adrian. Er hatte aus den USA etwas mitgebracht, das David sich eilig von ihm auslieh: Zeitschriften mit Fotos von blonden, muskulösen jungen Männern in Slips, die mehr offenbarten, als sie verhüllten. Wenn er sie betrachtete und spürte, wie sein Verlangen geweckt wurde, fragte er sich erneut, warum etwas so Schönes, das so viel Genuss verschaffte, versteckt werden musste. Die Zeitschriften wurden in den Vereinigten Staaten gedruckt. Zwei seiner drei engsten Freunde auf der Hochschule waren Amerikaner. In der Stadt, in der er seine Jugend verbracht hatte, war er nie wissentlich einem Schwulen begegnet, und jeder sexuelle Kontakt zwischen zwei männlichen Erwachsenen, auch wenn er einvernehmlich war, galt nach britischem Recht als Straftat. Die jungen blonden Männer, die auf den Seiten von *Physique Pictorial* triumphierend ihren Bizeps zur Schau stellten, weckten in ihm den Wunsch, auf der Stelle nach Amerika zu fliegen. «Solltest du mal nach New York kommen, bist du bei mir herzlich willkommen», hatte Mark zu ihm gesagt, als könne er einfach in den Zug steigen und mal eben nach New York fahren wie nach Bradford. Ein Flugticket kostete bestimmt mehrere Hundert oder gar Tausende Pfund. Es war ein fremder Planet. David hatte Großbritannien noch nie verlassen.

Er war Mark, Adrian und Ron dankbar für den Hauch von Freiheit, der neuerdings durch sein Leben wehte. Wenn er zu Weihnachten oder Ostern zu seinen Eltern nach Bradford fuhr, freute er sich auf die gute vegetarische Mahlzeit, die seine Mutter kochte, und auf die Gespräche mit den Eltern und den Geschwistern. Sie forderten ihn auf, von seinem Leben in der Großstadt zu erzählen, und David erklärte ihnen, was amerikanischer abstrakter Expressionismus war; er sprach über die Ausstellung der zeitgenössischen jungen Künstler, für die die Kritik den Begriff «Pop Art» erfunden hatte. Er erzählte von dem jungen Kunsthändler, dem die vier Gemälde, die er ausgestellt hatte, um seine malerische Virtuosität zu demonstrieren, sehr gut gefallen hatten. Ein vielversprechender Beginn. Aber wie hätte er über die Fotos aus *Physique Pictorial* sprechen sollen, über Marks und Adrians Homosexualität, über die Männer, mit denen er auf U-Bahn-Toiletten Blicke wechselte, und über seinen Wunsch, mithilfe der

Malerei eine Realität darzustellen, über die er Still-schweigen bewahren musste? Sein älterer Bruder war verheiratet, der jüngere verlobt. Keiner fragte David, ob er eine Freundin habe. Das Thema wurde einfach ausgeklammert, so als besitze ein Künstler keinen Körper – oder als wüssten alle Bescheid, wollten es aber nicht wahrhaben.

Doch David hatte einen Körper. Und ein Herz.

Eines Tages führte einer seiner Mitstudenten am Ende eines feuchtfröhlichen Abends am Royal College einen neuen Tanz vor, der sich Cha-Cha-Cha nannte. David sah ihm von seinem Stuhl aus zu, und als Peter ihn anlächelte und die Hand ausstreckte, um ihn zum Tanzen aufzufordern, ging ihm dieses Lächeln durch und durch. Es traf ihn mitten ins Herz. Liebe auf den ersten Blick. Er war aufge-wühlt und wie benommen, seine Ohren brannten. Er hatte keine Lust zu tanzen. Er sah lieber zu. Er verlangte noch eine Demonstration, und noch eine, und konnte den Blick nicht von dem grazilen Kör-per wenden, den Hüften, die abwechselnd laszive Schwünge nach rechts und nach links vollführten, und den sinnlichen, wie zum Kuss aufgeworfenen Lippen, mit denen der junge Mann für ihn sein «cha-cha-cha» sang. Peter war aufreizender als Marilyn, aufreizender als die lebendige Puppe aus dem Song von Cliff Richard, den David so mochte. *Living Doll*. Eine Jungen-Puppe. *Doll Boy*. David hätte ein Königreich für einen Kuss gegeben, aber er war höflich und schüchtern und wagte es nicht, und vor allem wusste er, dass Peter eine Freundin hatte.

Monatelang verfolgte ihn die Erinnerung an diesen Anblick. An den Abend, an dem Peter mit seinen geschmeidigen Hüften und aufgeworfenen Lippen für ihn getanzt hatte. Dieses brennende Verlangen, diese Sehnsucht nach Peters Verlangen, nach seinem Körper hätte er gern in seinen Bildern ausgedrückt; es war ein Verlangen, das ihn zerriss, denn auf der einen Seite gab es den Sex, auf der anderen die Liebe, und beides ließ sich nicht in Einklang bringen. Er erlebte es nur dann, wenn er vor seiner Staffelei stand und sich beim Malen von *The Cha Cha that was danced in the Early Hours of 24th March 1961* quicklebendig fühlte und vor innerer Erregung bebte, wenn er auf dem Hintergrund von kräftigem Rot, Blau und Gelb die Bewegungen von Peters Körper nachempfand und in winzigen Buchstaben an verschiedenen Stellen «I love every movement», «penetrates deep down» und «gives instant relief from» einfügte. Das war kein Gemälde. Das war das Leben.

Er hatte im Herbst so viel gemalt, dass er, wie die Grille, die den ganzen Sommer über gesungen hat, im Winter keinen Penny mehr für Leinwand und Farben besaß. Glücklicherweise gab es die Abteilung Grafik, die den Studenten kostenlos Material stellte. David hatte keine Wahl. Doch bei seinen Radierungen ging er nicht anders vor als bei den Gemälden, er tat, was ihn interessierte, er ritzte seine ureigenen, von Whitman oder Kavafis inspirierten Visionen in die Platte. Im April bot ihm ein Kommilitone für vierzig Pfund ein Flugticket nach New York an, das er selbst nicht nutzen konnte. Vierzig Pfund für einen Flug nach New York? Das war ein Angebot, das man nicht ablehnen konnte. David schwor sich, das Geld aufzutreiben. Er würde es sich erarbeiten.

An einem regnerischen Apriltag hatte er, als er die Tür seines Gartenhäuschens am Earls Court hinter sich zuzog, gerade noch zehn Shilling in der Tasche – seine gesamte Barschaft. Es goss in Strömen. Auf der anderen Straßenseite stand ein Taxi. Die Fahrt zum Royal College kostete fünf Shilling, die Hälfte seines Vermögens, die nicht weit entfernte U-Bahn dagegen nur wenige Pence, aber in diesem Fall stünde ihm noch ein zehnminütiger Fußweg zur Hochschule bevor. Plötzlich überkam ihn der heftige Wunsch, das zu tun, was für viele Londoner ganz normal war: die Straße überqueren, die Taxitür öffnen, sich in die trockene, bequeme Fahrgastkabine setzen und mit selbstverständlicher Autorität sagen: «Zum Royal College, bitte.» Und das tat er denn auch.

In der Hochschule erwartete ihn ein Brief. Als er den Umschlag aufriss und ein dreifach gefaltetes Blatt herauszog, flatterte ein Stück Papier zu Boden. Er hob es auf. Es war ein Scheck über einhundert Pfund, ausgestellt auf seinen Namen. Verblüfft starrte er darauf, in der festen Überzeugung, seine Phantasie spiele ihm einen Streich. In dem beigefügten Brief beglückwünschte ihn ein gewisser Mr. Erskine, von dem er noch nie etwas gehört hatte, zu einem Preis, der ihm für seine Radierung *Three Kings and a Queen* zuerkannt worden war. David hatte in der Tat eine Radierung mit diesem Titel angefertigt, aber er hatte sie nie zu einem Wettbewerb eingereicht. Er verstand es nicht. Es war ein Rätsel, oder ein Scherz der Götter. Gerade eben hatte er aus einer Laune heraus, ohne einen Gedanken an die Zukunft, seine letzte Barschaft ausgegeben, und nun belohnte ihn eine gute Fee mit hundert Pfund. Später, als er bereits auf Reisen war, erfuhr er, dass es sich bei der guten Fee um einen Professor des Fachbereichs Grafik handelte, der Davids Radierung auf einem Regal gefunden und sie, ohne ihn zu fragen, der Jury zugeschickt hatte. Doch für David war diese Information zweitrangig – aus seiner Sicht spielte das Taxi die entscheidende Rolle.

Kurz vor Sommeranfang gelang es ihm, mehrere Bilder und einige Grafiken zu verkaufen. Im Juli setzte er sich mit dreihundert Pfund in der Tasche ins Flugzeug nach New York. Er war gerade vierundzwanzig geworden. Am Kennedy Airport nahm ihn Mark in Empfang.

Eine solche Hitze hatte David noch nie erlebt. Sie war feucht, drückend, unerträglich, und er schwitzte so stark, dass sein Hemd ständig an der Haut klebte, aber er war in der Stadt, von der er geträumt hatte, einer Stadt voller Lichter, Lärm und Lebendigkeit, in der man um drei Uhr nachts ein Bier oder die Zeitung kaufen konnte. Und wie viele Schwulenbars es hier gab! Und wie viele vegetarische Restaurants! Museen auch, gewiss, und er besuchte sie natürlich. Doch dazu war er nicht hergekommen. Times Square, Christopher Street, East Village. Die Kinos, die Sex-Shops, die Clubs, die Pontons am Hudson River, wo die Männer mit nacktem Oberkörper umherliefen, diese ganze Saloppheit eines brütend heißen Sommers. Er wohnte bei Mark, dessen Eltern ein Haus auf Long Island besaßen, und lernte einen Freund von Mark namens Ferrill kennen, der sein Liebhaber wurde. Sein erster Liebhaber, mit dem er sich nicht verstecken musste. Es gab nun zwei Stadtführer, die ihm halfen, das schwule New York zu entdecken.

Eines Nachmittags erweckte ein TV-Werbespot das Interesse des Trios. Er zeigte ein junges Mädchen mit goldblond gefärbtem Haar, das aus einem Flugzeug stieg, sich in die Arme eines Mannes warf, Billard spielte und mit einem Hund an der Seite, einem strahlenden Lächeln auf den Lippen und wehenden Haaren durch die Sonne lief, während eine weibliche Stimme fragte: «Stimmt es, dass Blondinen mehr Spaß haben?» Dann unterbrach ein männlicher Erzähler die Musik: «Clairol-Blond ist ein Lebensgefühl. Genießen Sie es!» Die drei jungen Männer, die allesamt für den Film *Some Like it Hot* schwärmten, auf den der Spot offensichtlich anspielte, wechselten vielsagende Blicke.

Eine Viertelstunde später verließen sie den nächstgelegenen Drugstore mit einer Tüte, die das magische Produkt enthielt. Unter Gekicher lasen sie die Anweisungen, mischten im Badezimmer die Bestandteile zusammen, zogen sich aus und shampoonierten sich unter der Dusche. Dann konnten sie zusehen, wie sich die Metamorphose vollzog. Sie verwandelten sich in drei große Wasserstoffsuperblonde. Sie lachten, bis ihnen die Tränen über die Wangen liefen, besonders als Marks Vater gegen Abend aus seinem Geschäft kam, die drei Gestalten auf seinem Sofa erblickte und fast einen Herzanfall bekam. Kein Zweifel, Blonde hatten mehr Spaß im Leben.

David betrachtete sich im Spiegel und war fasziniert. Es war wie mit dem Taxi in London. Reine Magie. Man handelte aus einer Laune heraus, ohne die Folgen zu bedenken, nur so aus Spaß, und man wurde belohnt. Darin bestand das Geheimnis des Lebens. Er war blond geworden, wie die Models in *Physique Pictorial*. Bis dahin hatte er sich weder schön noch hässlich gefunden – andere bezeichneten ihn gelegentlich als hübsch –, und nun hatte er sich innerhalb kürzester Zeit in einen frappierend blonden Mann verwandelt, den man nicht übersehen konnte. Er war sehr angetan von seiner neuen Haarfarbe, nicht weil «Blonde mehr Spaß haben», sondern weil er sich neu erschaffen hatte. Er war seine eigene Erfindung. Es war wie eine zweite Geburt. Die neue Haarfarbe kündete von seiner Identität als Schwuler – sein wahrstes, intimstes Ich –, und gleichzeitig war sie ein Kunstgriff, eine Maske, eine Täuschung. Natur und Künstlichkeit waren demnach keine Gegensätze, ebenso wenig wie Gegenständlichkeit und Abstraktion, Poesie und Graffiti, Zitat und Originalität, Spiel und Realität. Man konnte alles miteinander kombinieren. Das Leben war, wie die Malerei, eine Bühne, auf der man spielte.

Ein außergewöhnlicher Sommer. Er zog aus dem Haus von Marks Eltern aus, die von dem exzentrischen Gehabe der Freunde ihres Sohnes allmählich genug hatten, und zog nach Brooklyn, wo Ferrill eine gemütliche Zwei-Zimmer-Wohnung besaß, mit einem dicken Teppichboden, in dem die Füße versanken, einem Fernseher und einem richtigen Badezimmer. David kannte bisher niemanden, der in so jungen Jahren bereits so luxuriös wohnte. Aber Ferrills Lebensstil erstaunte ihn noch viel mehr: Freunde und Bekannte gingen bei ihm ein und aus, duschten mit ihm, schlüpften in sein Bett. Freie Liebe, ohne Verpflichtungen, ohne Eifersucht, ohne Schuldgefühle. Nur genießen und Genuss verschaffen. So sah das Leben aus, das David sich wünschte. Bye bye Bradford! Selbst London wirkte im Vergleich zu New York düster.

Als er endlich den Kurator der Grafikabteilung des New Yorker Museum of Modern Art anrief, dessen Namen ihm Mr. Erskine genannt hatte, erwartete ihn eine weitere Überraschung: Nicht nur wusste der Mann, wer er war – er hatte sogar von Erskine einen Brief erhalten, in dem dieser seinen brillanten Schützling empfahl. Und er sah sich die Radierungen, die David aus London mitgebracht hatte, nicht nur an, er kaufte sie sogar! David konnte es kaum fassen. Das Museum of Modern Art in New York kaufte ihm, einem Studenten, Radierungen ab! Welch eine Großmut! Wie leicht das Leben in Amerika war!

Das Geld kam wie gerufen, denn David war blank. Nun konnte er sich einen lässigen hellen Freizeitanzug nach der neuesten Mode kaufen. Und ein Mini-Transistorradio, eines, wie es die Amerikaner mit sich herumtrugen, die er zunächst für schwerhörig gehalten hatte wie seinen Vater, weil ein kleiner Stöpsel in ihrem Ohr steckte. Ferrill erklärte ihm schließlich, dass sie einfach nur Tag und Nacht Musik hörten.

Im September kehrte ein neuer Mensch nach London zurück. Ein großer Blonder im weißen Anzug. Er hatte einige Ideen im Gepäck: Er würde ein großformatiges Gemälde schaffen, nach Art der amerikanischen Abstrakten, für das er viel Platz im Atelier des Royal College beanspruchen konnte; nur wäre es eben kein abstraktes Gemälde, sondern eines mit Figuren. Inspiriert von den altägyptischen Exponaten im MoMA, von Dubuffet und von Kavafis' Gedicht *Warten auf die Barbaren* malte er eine aus drei Personen bestehende Prozession, die er *A Grand Procession of Dignitaries in the Semi-Egyptian Style* nannte. Er schrieb den Titel in das Gemälde hinein, damit offensichtlich war, dass er sich nicht ernst nahm und alles ein Spiel war. Zudem hatte ein Titel von dieser Länge noch einen anderen Vorteil: Er nahm im Katalog der vom Royal College ausgestellten Werke mehrere Zeilen ein und würde bemerkt werden. Gewitzt wie sein Vater, hatte David begriffen, dass Erfolg nicht vom Himmel fiel. In New York hatte er etwas bewundern gelernt, das man in Großbritannien für schlechten Stil hielt: die Gewandtheit, mit der die Amerikaner sich vermarkteten, ohne falsche Scham und schlechtes Gewissen. Er hatte die Aufmerksamkeit der Kritik erregt, nun musste er sie halten. Ein großer Blonder im weißen Anzug, der seine abweichende sexuelle Orientierung nicht versteckte, interessierte sie mehr als ein Maler aus Bradford in West-Yorkshire!

Er amüsierte sich nach Kräften. Unter dem Titel *Cleaning Teeth; Early Evening* malte er zwei einander zugewandte männliche Figuren, deren Penisse er durch Colgate-Tuben ersetzte (Zahnpflege war in den USA geradezu eine Obsession). Das Bild war ausgesprochen obszön und sehr witzig. Im Bereich Radierung schuf er seine eigene Version der Radierfolge *A Rake's Progress,* in der William Hogarth, ein Maler des 18. Jahrhunderts, den Werdegang eines jungen Wüstlings illustriert hat, der in der Großstadt ein ausschweifendes Leben führt. Der Bezug zu diesem klassischen Werkzyklus erlaubte es ihm, seine eigenen New Yorker Abenteuer auf spielerische Weise zu verarbeiten: die Ankunft mit dem Flugzeug, den Verkauf seiner Radierungen an den Leiter des MoMA, die muskulösen jungen Amerikaner, die unter den Blicken des schmächtigen David im Achselshirt durch den Central Park joggen, Männer in Schwulenbars, seine mit Clairol gebleichten Haare, die ihm die Pforten des Paradieses öffnen, und sogar die Mini-Transistorradios, an denen alle Amerikaner hingen, als hätten sie ihre Individualität eingebüßt. Sein perfekter Strich brachte ihm das Lob seiner alten Professoren ein.

Das Leben lächelte ihm zu. Er wagte es sogar, der Verwaltung des Royal College zu erklären, er sei die hässlichen, dicken, vierzigjährigen Frauen leid, die man ihm als Modelle anbot. Manet, Degas und Renoir wären niemals Manet, Degas und Renoir geworden, hätten sie sich nicht von ihren Modellen inspirieren lassen. Er verlangte einen Mann. Die Hochschule beugte sich seiner Beharrlichkeit und gab nach. Da niemand außer ihm einen nackten Mann malen wollte, engagierte David für sich allein mit dem Geld des College einen sympathischen Burschen aus Manchester, den er kurz zuvor kennengelernt hatte. Mo stellte ihm zwei befreundete Design-Studenten vor, Ossie und Celia, mit denen auch David sich bald anfreundete. Er hatte eine Affäre mit Ossie, der noch verrückter war als er und zur gleichen Zeit auch mit Celia schlief. Bisexuell – wieder ein neues Konzept. Jetzt besaß David in London alle Freiheiten, die er in New York kennengelernt hatte. So sah das unkonventionelle Leben also aus, von dem Adrians und Marks Erzählungen ihn hatten träumen lassen: keine Angst zu haben, man selbst zu sein, wenn man anders war. Toleranz war die Tugend derer, die durch die sozialen Normen oder die herrschende Moral gezwungen waren, sich zu verstecken, obwohl sie niemandem Schaden zufügten.

David hatte sein Studium noch nicht abgeschlossen, als ihm der junge Kunsthändler, der im Vorjahr seine Arbeit bewundert hatte, einen Vertrag anbot. Er würde ihm 600 Pfund für eine Exklusivvertretung zahlen, und noch mehr, falls sich seine Gemälde verkauften. David konnte sein Glück kaum fassen. Alle anderen Künstler, die von Kasmin vertreten wurden, waren Vertreter der abstrakten Kunst und bereits bekannt; er war der Jüngste und der Einzige, der gegenständlich malte. Es musste an seinen blonden Haaren und dem weißen Anzug liegen. In diesem Sommer musste er nicht als Briefträger jobben. Er unternahm mit Jeff, einem jüdisch-amerikanischen Freund, den er in New York kennengelernt hatte, eine Reise nach Italien. Im Herbst konnte er endlich das Gartenhäuschen aufgeben und in eine billige Zwei-Zimmer-Erdgeschosswohnung in Notting Hill umziehen, in die Nähe seiner Freunde Michael und Ann. Bald zogen auch Ossie und Celia in seine Nachbarschaft. Jetzt wohnte er in einem Rotlichtviertel – das Haus gegenüber war Nachtclub und Absteige in einem und verbreitete einen infernalischen Lärm –, aber David verfügte zum ersten Mal über einen zentral gelegenen Ort, an dem er leben und arbeiten und Opern in voller Lautstärke hören konnte. Und seine besten Freunde wohnten praktisch um die Ecke. Bald wurde seine Wohnung zu einem beliebten Treffpunkt; seine Tür war stets offen, man konnte kommen und gehen, wie es einem beliebte. Wie damals bei Ferrill in Brooklyn.

Als er vom Direktor des Royal College per Brief darüber informiert wurde, dass seine Abschlussarbeit über den Fauvismus als ungenügend betrachtet werde und er deshalb sein Diplom nicht erhalten werde, stieß er zuerst ein Wutgeheul aus und fing dann an zu lachen. Es stimmte ja, er hatte die Arbeit vermasselt, denn er hatte sie gar nicht erst eingereicht. Kasmin, sein Galerist, verlangte kein offizielles Dokument. So funktionierte die Welt nun einmal. Auf der einen Seite gab es die Bürohengste, die Engstirnigen, die schnell be- und verurteilten, die Angst hatten, wirklich zu leben; auf der anderen Seite die Kunst, den Instinkt, das Begehren, die Freiheit und den Glauben ans Leben. David hatte allen Grund, sich über die Scherereien mit der Bürokratie lustig zu machen, denn der Leiter der Abteilung Malerei, der seinem besten Schüler eine Goldmedaille verleihen wollte und dies nicht tun konnte, solange dieser sein Diplom nicht erhielt, zwang das College zu einem Rückzieher. David war keineswegs unglücklich über die Medaille. Sie imponierte den Leuten und machte seine Eltern glücklich.

Als ein Galerist, der eine Gruppenausstellung organisierte, die Künstler bat, ihre Inspirationsquelle zu nennen, schrieb er: «Ich male, was ich will, wann ich will und wo ich will.»

Alles konnte zum Sujet eines Bildes werden: ein Gedicht, etwas, das man sah, eine Idee, ein Gefühl, eine Person. Wahrhaftig alles. Das war die Freiheit. Derek hatte ihm einmal geraten, er solle sein Clown-Image abstreifen, wenn ihm daran lag, dass man seine Arbeit ernst nähme. Aber nein: Man konnte beides sein, ein Clown und ein ernsthafter Maler!

Mit sechsundzwanzig Jahren reiste er zu Beginn des Sommers wieder nach New York, diesmal an Bord der *Queen Elizabeth*. Er wollte die Radierungen zu *A Rake's Progress* fertigstellen und Jeff wiedersehen, den Amerikaner, mit dem er im Sommer zuvor nach Italien gefahren war. Eines Nachmittags lernte er bei Andy Warhol, zu dem ihn sein Freund mitgenommen hatte, einen rundlichen, pausbäckigen, bärtigen Typ kennen, der als Kurator für zeitgenössische Kunst am Metropolitan Museum arbeitete und sich als der witzigste, lebhafteste, scharfzüngigste Mensch erwies, dem er je begegnet war. Gleich am nächsten Tag trafen sie sich wieder. Ein homosexueller Jude, wie alle seine amerikanischen Freunde. Henry war 1940 mit seinen Eltern, die aus Brüssel stammten, mit dem letzten Schiff in die USA emigriert. David fühlte sich körperlich nicht von ihm angezogen, aber er hatte noch mit keinem anderen Menschen eine so spontane Vertrautheit erlebt. Die Worte flogen zwischen ihnen hin und her wie Tennisbälle, einer beendete die Sätze des anderen und sie kamen aus dem Lachen gar nicht mehr heraus. Sie waren nur zwei Jahre auseinander, liebten dieselben Dichter, dieselben Filme, dieselben Künstler, dieselben Bücher und schwärmten sogar beide leidenschaftlich für die Oper. Jenseits des Atlantiks hatte David eine verwandte Seele gefunden.

Zurück in London, bot ihm ein junger Mann, der einen Handel mit Grafiken aufgebaut hatte, einen Deal an: Er würde fünfzig Serien der sechzehn Radierungen von *A Rake's Progress* drucken und sie zu hundert Pfund pro Serie verkaufen. Das ergab insgesamt fünftausend Pfund und war die größte Summe, die David oder sonst ein Künstler aus seiner Bekanntschaft je verdient hatte. Die Herstellung einer Serie kostete höchstens zwei, drei Pfund. Es gab Menschen, die hundert dafür zahlten? Welch ein Wahnsinn! Natürlich würde David nicht die gesamte Summe erhalten, da Kasmins Anteil und der des Händlers abgezogen werden mussten. Aber es

44

war ein hübscher Batzen, und ein Teil davon würde ihm gehören. Endlich konnte er für sich und seine Freunde in seiner Wohnung in Notting Hill eine Dusche einbauen. Und das war erst der Anfang: Bald darauf stellten zwei Londoner Galerien Werke von ihm aus, die *Sunday Times of London* schickte ihn auf ihre Kosten nach Ägypten, damit er dort für sie Buntstiftzeichnungen fertigte, und das Geld, das er mit den Radierserien verdiente, erlaubte es ihm, sich einen Traum zu verwirklichen: Im Januar flog er nach Los Angeles.

Oft sah er im Geist den Direktor der Bradford School of Art vor sich, der ihn erstaunt fragte: «Sind Sie Privatier?» Über dieses Bild schob sich das des fünfzehnjährigen Jungen, der zitternd vor Angst und Aufregung im Kino saß, wo ein Unbekannter mit seiner Hilfe masturbierte. Er hatte einen weiten Weg zurückgelegt.

# II

# DER KUMMER WÄHRT DREI JAHRE

Er hatte soeben das Ortsausgangsschild von Cheyenne passiert und steuerte Las Vegas an. Nachdem er vier Tage lang nonstop gefahren war und nur angehalten hatte, um in Motels am Rande des Highways zu nächtigen, stand ihm nun die letzte Etappe seiner Reise bevor. Er war müde, aber er fand Gefallen daran, stundenlang in seinem Triumph Kabrio durch endlose Weiten in Richtung Westen zu fahren. Er hörte Musik, und manchmal war sein Kopf leer, manchmal voller Gedanken. In der Abenddämmerung überzog sich der Himmel wie eine gigantische Leinwand mit Orange- und Rosatönen, die so intensiv leuchteten wie künstliches Neonlicht. Selbst auf schnurgeraden Straßen durch gottverlassene Gegenden, auf denen ihm nur ab und zu ein Truck entgegenkam, war das Tempo auf 90 km/h begrenzt. Im Grunde war das die ideale Geschwindigkeit, wenn man das Violett der Berge, das Rosarot des Himmels und die unendliche Weite in sich aufnehmen wollte.

Sein dritter Lehrauftrag lag vor ihm. Er war nicht mehr so nervös wie zwei Jahre zuvor, Ende Juni 1964, als er auf dem Weg nach Iowa unterwegs bei einem Optiker angehalten und sich eine riesige Brille mit

46

einem dicken schwarzen Horngestell gekauft hatte, damit er älter und professoraler aussah. Sein erster Lehrauftrag hatte sich als Albtraum entpuppt. Iowa *City*: was für ein irreführender Name! Als er nach einer zweitägigen Fahrt die Stadtgrenze erreicht hatte, war er nach der Durchquerung der Vorstädte inmitten von Maisfeldern gelandet – es gab keinen Stadtkern. Selten hatte er sich so gelangweilt wie in jenen sechs Wochen. Als Ossie Mitte August aus London gekommen war, hatte er ihn wie den Messias erwartet. Sie waren nach New Orleans geflogen und mit dem Auto durch die großen Nationalparks nach San Francisco gefahren. Das YMCA am Embarcadero von San Francisco sollte ihm unvergesslich bleiben. Man musste nur mitten in der Nacht im Gemeinschaftsbad eine Dusche nehmen, und schon strömten aus den Schlafsälen junge Männer wie Schatten herbei, Schatten mit herrlichen Körpern, und boten an Ort und Stelle, was immer man sich wünschte. In Iowa City hätte man ein solches Paradies vergeblich gesucht. Aber nicht nur dort, auch in Boulder, Colorado, wo David im Sommer '65 Zeichenunterricht erteilt hatte. Immerhin waren die Begleitumstände erfreulicher; die Gebirgslandschaft war atemberaubend und David hatte eine kurze Affäre mit einem sehr attraktiven Studenten. Doch ausgerechnet an einem so schönen Ort wies ihm die Universität ein fensterloses Atelier zu, das nicht einmal eine Dachluke hatte. Daraufhin malte er eine sehr phantasievolle Version der Rocky Mountains. Und verstand endgültig, dass der Mittlere Westen nichts für ihn war.

Von der UCLA, wo die Kurse am Montag beginnen würden, erwartete David mehr. Er stellte sich seine zukünftigen Studenten als hochgewachsene Surfer vor, blond und sonnengebräunt, ungefähr so wie die Models aus *Physique Pictorial*. Sie würden überrascht feststellen, dass ihr Kursleiter, der Malen für Fortgeschrittene unterrichtete, ebenso jung und ansehnlich war wie sie. David hoffte darauf, von der respektvollen und vollkommen ironiefreien Bewunderung profitieren zu können, die amerikanische Studenten ihren Dozenten entgegenbrachten. Außerdem waren immer alle ganz vernarrt in seinen britischen Akzent; was ihn in seiner Heimat als Provinzler und Spross der Arbeiterklasse verriet, wurde hier zum Trumpf und erhöhte seinen Reiz.

Unterwegs hörte er die *Zauberflöte* und sang aus voller Kehle mit, während die Sonne am Horizont versank. Nach sechs Monaten in London fehlte ihm die Stadt der Engel entsetzlich. Sie war seine zweite Heimat geworden.

Er war nicht mehr der naive Junge, der im Januar vor zweieinhalb Jahren in L.A. angekommen war. Damals hatte er am Tag nach seiner Ankunft geglaubt, er könne die Stadt, wenn schon nicht zu Fuß, dann immerhin mit dem Fahrrad erobern. Am ersten Abend hatten ihn seine Beine nach einem zweistündigen Marsch vom Motel nur bis zur nächsten Tankstelle getragen. Doch von den großen Entfernungen ließ sich ein Engländer, der als Jugendlicher mit dem Fahrrad durch das hügelige Yorkshire gekurvt war, nicht abschrecken. Er hatte auf dem Stadtplan einen langgestreckten Boulevard gesehen, der direkt von seinem Motel, das am Strand von Santa Monica lag, bis ins Herz von Downtown Los Angeles führte. Dort befand sich der Pershing Square, einer der Schauplätze des sehr expliziten Romans *City of Night* von John Rechy, der tausend Phantasien in ihm geweckt hatte. Voller Energie hatte er sich auf das am Morgen gekaufte Rad geschwungen, wenn auch ein wenig erstaunt darüber, wie lang sich der Boulevard hinzog. Als er um neun Uhr abends sein Ziel erreichte, war der Platz wie ausgestorben. Wo steckten die Matrosen und Stricher aus Rechys Roman? David hatte in einer verwaisten Bar ein Bier getrunken und war die dreißig Kilometer zurückgeradelt. Diesmal spürte er seine Wadenmuskeln. Am nächsten Tag hatte der Portier ihn entsetzt angestarrt: «Downtown L.A.? Aber dahin fährt kein Mensch! Nachts ist das ein gefährliches Pflaster!» Also stimmte es doch, was sie ihm in New York gesagt hatten, als er ankündigte, er werde nach Los Angeles gehen: «Sie haben keinen Führerschein? Dann können Sie in Los Angeles nichts unternehmen, David. Gehen Sie lieber nach San Francisco!»

Was sich in den folgenden zwei Tagen abgespielt hatte, war mittlerweile in seinen privaten Mythos eingeflossen. Auf der Führerscheinbehörde, zu der ihn eines Morgens sein bislang einziger Bekannter aus L.A. chauffierte, ein Bildhauer, an den ihn sein New Yorker Galerist verwiesen hatte, wurden David mehrere Formulare ausgehändigt und er musste

Fragen beantworten, die so simpel waren, dass ein Fünfjähriger keine Mühe damit gehabt hätte. Damit hatte er die theoretische Prüfung quasi unabsichtlich bestanden. «Kommen Sie heute Nachmittag zur praktischen Prüfung», hieß es anschließend, obwohl er noch nie am Steuer eines Automobils gesessen hatte. Der Bildhauer ließ ihn zwei, drei Stunden mit seinem Pickup Automatik üben. Das Fahren fiel David leicht. Er machte ein paar Fehler, aber er bekam seinen Führerschein. Am nächsten Vormittag kaufte er sich einen gebrauchten Ford Falcon. All das in nur zwei Tagen, und er war gerade mal vier Tage in Los Angeles! Eine unglaubliche Geschichte. Genauso hatte er sich L.A. vorgestellt. Als er einmal seinen neuen Wagen durch die Millionenstadt steuerte, fiel ihm ein Highway auf, der sich hoch in die Luft erhob, wie eine Ruine auf einem Gemälde von Piranesi, und er dachte voller Überschwang: «Mein Gott, diese Stadt braucht einen Piranesi! Los Angeles könnte einen Piranesi haben – hier bin ich!» Eine Woche später mietete er in Venice ein Studio, das ihm auch als Atelier diente, und begann, mit Acrylfarben zu experimentieren, die in den USA von ausgezeichneter Qualität waren und viel schneller trockneten als Ölfarben. Bei den Vernissagen der Kunstgalerien, die alle in derselben Straße lagen, lernte er die ortsansässigen Künstler kennen, er traf Nick Wilder, einen jungen Standford-Absolventen, der sein erster kalifornischer Galerist wurde, Christopher Isherwood, einen homosexuellen englischen Schriftsteller, dessen Bücher er bereits kannte und schätzte, und er frequentierte Bars, in denen man Bekanntschaften mit Männern schließen konnte.

Nicht immer entsprach die Realität dem, was er sich in seiner Phantasie zusammengesponnen hatte. Als David 1963 zu seiner von der *Sunday Times* finanzierten Reise nach Alexandria aufgebrochen war, hatte er ein langweiliges Provinznest vorgefunden und keineswegs die kunstsinnige und kosmopolitische Stadt, die er sich auf Grund von Kafavis' Gedichten ausgemalt hatte. Los Angeles dagegen entsprach in jeder Hinsicht seinen Wunschträumen und er verliebte sich Hals über Kopf in die Megacity, die amerikanische Energie mit mediterraner Wärme verband. Alles begeisterte ihn: die achtspurigen Straßen, die gewaltige Ausdehnung, das Licht, der Ozean, die langen Strände, die flachen weißen Bauten, die gläsernen Fassaden, die geometrischen Linien, die pompösen Villen der Stars, die Kombination von Modernität und Natur. Und die Leichtigkeit, mit der man hier durchs Leben ging: Es gab keine sozialen Schichten, keine Etikette, keine Traditionen und Komplikationen, kein Elitedenken. Alle Menschen waren frei und gleich, die Bars waren bis zwei Uhr nachts geöffnet – die perfekte Uhrzeit, wenn man am nächsten Morgen arbeiten wollte. Vergnügen ohne Reue, blauer Himmel, Hitze und das Meer. Und Swimmingpools, die in der Sonne flimmerten. Er hatte sie bereits während des ersten Landeanflugs von oben gesehen, eine Myriade gerundeter, hellblauer Formen, die die Erde sprenkelten. Hierzulande war ein Pool nicht gleichbedeutend mit Luxus; er war einfach nur ein Becken, in das man springen konnte, um sich zu erfrischen – und zu flirten.

Seit zweieinhalb Jahren lebte er nun abwechselnd in den Vereinigten Staaten und in England, und das Doppelleben zwischen der Alten und der Neuen Welt behagte ihm sehr. Nach einem Jahr in Los Angeles war er nach London zurückgeflogen, um Ausstellungen vorzubereiten. Den Sommer '65 hatte er in Boulder verbracht, den Herbst '65 in Los Angeles, den Winter und den Frühling '66 in London (mit einem Zwischenspiel in Beirut, wo er Inspirationen für eine Radierserie gesucht hatte, weil er eine Neuübersetzung der Kavafis-Gedichte illustrieren wollte). Und nun reiste er wieder nach Los Angeles, wo er den ganzen Sommer und sicher auch – so stellte er es sich vor – den Herbst über bleiben würde. Auf der einen Seite gab es London und Bradford – seine Familie, seine ältesten Freunde und seinen ersten Galeristen –, auf der anderen Los Angeles – unkomplizierten Sex, Drogen, reiche Sammler –, und dazwischen New York, wo er, wann immer möglich, einen Zwischenstopp einlegte, um sich mit Henry zu treffen und Ausstellungen zu besuchen.

In diesen drei Jahren hatte er nur einmal Schiffbruch erlitten. Im Dezember, kurz vor seiner Rückkehr nach London, war er in einer Bar in Venice einem jungen Mann begegnet. Nachdem sie mehrere Tage miteinander verbracht hatten, konnte David den Gedanken nicht ertragen, sich von ihm zu trennen. «Und wenn du mitfährst?» Bob war noch nie aus Los Angeles herausgekommen, und David musste sogar seine Abreise verschieben, damit sein Freund sich einen Reisepass ausstellen lassen konnte. Sie fuhren mit dem Auto quer durchs Land, zusammen mit einem englischen Freund von David, der ihn für verrückt erklärte. New York gefiel Bob nicht, er fand es düster, laut und dreckig, es stank. «Europa ist ganz anders», versprach David. «Du wirst schon sehen.» Aber Bob ließ sich weder von der Überfahrt auf der *Queen Mary* noch von den Luxuskabinen beeindrucken, die David bezahlte, und auch nicht von dem königlichen Empfang, den Davids engste Freunde ihnen am Bahnhof Waterloo bereiteten. Auch London als Stadt mochte er nicht. Es war ihm zu alt. «Alt» – ein vernichtendes Urteil. Bob wollte nichts als Drogen und Sex. Als sie eines Abends in einer Bar zufällig neben Ringo Starr saßen und David ihm eröffnete, wer die Berühmtheit am Nebentisch war, zuckte Bob nur die Achseln: «Ja, und? Die Beatles leben doch in London, oder?» Als wäre es völlig normal, an der Straßenecke über einen Beatle zu stolpern, weil die ja nun mal in London lebten. Warum nicht gleich über die Queen? David musste irgendwann zugeben, dass Bob ein ausgemachter Schwachkopf war, und auch wenn er ihn unglaublich schön fand, konnte er Prinzessin Bob nach einer Woche nicht mehr ertragen. Er setzte ihn ins Flugzeug nach Los Angeles und schwor sich, nie wieder etwas mit ihm anzufangen. Was er für Liebe gehalten hatte, war nur Lust gewesen.

Er hatte die Grenze zu Kalifornien überquert und näherte sich Los Angeles. Die Nacht war hereingebrochen. Es würde spät werden, aber gewiss würde ihm jemand seine Tür öffnen und einen Platz auf der Matratze anbieten. Da er das Studio in Venice aufgegeben hatte, wollte David den Sommer über bei seinem Freund Nick wohnen. Nick, der kein glückliches Händchen für materielle Dinge hatte, hauste in einer engen, spärlich möblierten Mietwohnung, war aber sehr gastfreundlich. David nahm sich vor, gleich nach dem Aufwachen in den Swimmingpool zu springen, der zu Nicks Wohnanlage gehörte.

Gespannt betrat er am Montag früh seinen Kursraum, immer noch erfüllt von den bezaubernden Visionen, die ihn auf seiner Autofahrt begleitet hatten. Aber wo waren die blonden, braungebrannten Surfer? Der Saal war gut gefüllt mit Studenten um die dreißig, wenn nicht bald vierzig. Mütter, die sich langweilten, nachdem ihre Sprösslinge ausgeflogen waren, und angehende Kunstlehrer, die nicht im Geringsten den Models aus *Physique Pictorial* ähnelten. Sie beäugten David neugierig. Mit seinem riesigen dunklen Brillengestell, seinem platinblonden Haar, seinem tomatenroten Anzug, den ungleichen Socken, der grün-weiß getüpfelten Krawatte und dem dazu passenden Hut unterschied er sich auffällig von ihren anderen Dozenten. Bei dem Gedanken an die kommenden Monate stieß David innerlich einen tiefen Seufzer aus.

Er war gerade dabei, sich seinen Studenten vorzustellen, als die Tür aufging und ein junger Mann den Raum betrat.

«Entschuldigen Sie, ist das Kurs A 200?», fragte er zögernd.

«Das hier ist Malerei für Fortgeschrittene», antwortete David, der die Kursnummer nicht kannte.

«Oh, Entschuldigung, dann habe ich mich geirrt.»

Mit wenigen Schritten stand David zwischen dem jungen Mann und der Tür.

«Warum versuchen Sie es nicht? Es ist nicht schwer.»

Der Student blickte ihn ängstlich an. Er war sehr jung, noch unter zwanzig. Er hatte haselnussbraune Augen und lange Wimpern, wellige braune Haare, weich gerundete Wangen, sinnliche Lippen und Sommersprossen auf der Nase.

«Ich komme aus England», fuhr David mit seiner allgemeinen Begrüßung fort, «und Sie werden sehen, dass ich ein sehr guter Lehrer bin. Ich habe sogar die Goldmedaille vom Londoner Royal College bekommen!» Er lächelte selbstironisch.

Diese Form des Eigenlobs war sicher nicht besonders fein, aber David hatte festgestellt, dass Amerikaner sich von Medaillen beeindrucken ließen. Er wollte, dass der Student blieb.

«Sie haben sich zu uns verirrt, vertrauen Sie dem Zufall!»

Dieses letzte Argument schien den Neuankömmling zu überzeugen.

Eine Stunde später frohlockte David insgeheim, als er die Zeichnung des neuen Studenten begutachtete.

Der junge Mann war nicht nur berückend anmutig, er hatte auch Talent.

«Sie sind fortgeschritten. Sie können problemlos bleiben.»

«Ich habe die Units noch nicht, die man braucht, damit man sich zu einem Fortgeschrittenenkurs anmelden darf», antwortete der Student mit seiner leisen Stimme.

«Machen Sie sich keine Sorgen. Ich regle das.»

Es ging nicht an, dass sich bürokratische Hindernisse zwischen ihn und Peter drängen würden.

Der junge Mann hieß nämlich Peter, wie der Freund, den David auf dem Royal College aus der Ferne angehimmelt hatte. Sicher, Peter war ein gängiger Vorname, aber David sah darin ein Zeichen, eine Art Wiedergutmachung des Schicksals.

Peter kam auch in die nächste Kurseinheit. Er war nun offiziell angemeldet. Als der Unterricht zu Ende war, räumte Peter ohne Eile seine Utensilien zusammen, ganz so, als erahne er die Absichten seines Lehrers. David wartete nicht einmal ab, bis der letzte Teilnehmer gegangen war. «Kaffee?», schlug er vor.

Bald ergab sich ganz selbstverständlich die Gewohnheit, dass die beiden nach dem Kurs, der im Sommer täglich stattfand, zusammen zu Mittag aßen, dann am Strand von Santa Monica spazieren gingen, am späteren Nachmittag im Pool von Nicks Wohnanlage badeten, bei Nick Pizza oder Grillhähnchen aßen und dabei lebhafte intellektuelle Diskussionen über die zeitgenössische Kunst führten. Der schüchterne Peter beschränkte sich aufs Zuhören. Er kam jeden Tag mit dem Bus aus dem San Fernando Valley, wo er mit seinen Eltern und seinen beiden Brüdern lebte, zum Unterricht. Er war achtzehn, stammte aus einer jüdischen Familie und war in einer wohlhabenden Vorstadt aufgewachsen. Sein Vater verkaufte Lebensversicherungen und seine Mutter kümmerte sich um die drei Söhne. Er war an der University of California at Santa Cruz immatrikuliert, bedauerte aber seine Entscheidung, weil es dort keine Kunstkurse gab. Aus diesem Grund nahm er während der Sommerferien an Kursen der UCLA teil.

Was sich zwischen Lehrer und Schüler im Verlauf des Sommers entwickelte, ging über eine bloße Freundschaft weit hinaus. Es herrschte vollkommenes Vertrauen, eine fast väterliche Zärtlichkeit seitens des Neunundzwanzigjährigen gegenüber dem Achtzehnjährigen und eine uneingeschränkte Bewunderung seitens des Jüngeren gegenüber dem Älteren. Sie bemühten sich umeinander, konnten es kaum erwarten, sich wiederzusehen, waren traurig, wenn sie sich trennen mussten, obwohl sie gar nicht gemerkt hatten, wie schnell die Zeit verging, und empfanden ein immer übermächtigeres Bedürfnis, einander zu berühren, einander zu spüren.

Das Ende des Sommers rückte näher. Peter musste bald nach Santa Cruz zurück, um dort sein zweites Studienjahr zu beginnen. Santa Cruz lag, wenn es nicht zu viele Staus gab, sechs Autostunden von Los Angeles entfernt und acht Stunden mit dem Bus. Wie sollte es weitergehen? Die Frage stand unausgesprochen im Raum.

Am Labor-Day-Wochenende flogen Peters Eltern mit seinen Brüdern nach Santa Fe, und Peter setzte durch, dass er allein zu Hause bleiben durfte. Er lud David ein, der gerührt das Haus und Peters Zimmer erkundete, seine Poster, seine Zeichnungen, Fotos des kleinen Peter, noch blonder, einfach hinreißend. Sie verbrachten den Tag am Pool. David zeichnete eine Rückenansicht von Peter in der Badehose, auf einer Liege ausgestreckt. Wer wagte die erste Geste? Sprach Peter davon, wie sehr ihn die bald bevorstehende Trennung bedrückte? Setzte sich David neben ihn und legte ihm die Hand auf die sonnenheiße Schulter? Oder ergriff Peter Davids Hand, schmiegte seine Wange hinein, umarmte ihn? Wer sagte als Erster «Ich liebe dich»? Peter war noch Jungfrau, er war ein wohlerzogener Junge, der noch weniger über diese Dinge Bescheid wusste als David seinerzeit in Bradford. David deflorierte ihn, aber es war Peters Wunsch, es war das, wonach er sich gesehnt hatte, sein ganzer Körper zitterte vor Verlangen. Der Liebesakt war von beiden Seiten ein uneingeschränktes Geben und Nehmen, voller Zärtlichkeit, Dankbarkeit und Freude.

Peter fuhr ab. David versprach, ihn jedes zweite Wochenende zu besuchen. Sechs Stunden auf der Straße sind eine Kleinigkeit, wenn man zu dem Geliebten unterwegs ist. In Santa Cruz mietete David ein Zimmer im Dream Inn, einem Hotel, das seinem Namen alle Ehre machte, und sie verbrachten das ganze Wochenende zusammen. Wenn sie nicht schliefen oder sich liebten, zeichnete David seinen Freund, dessen runde, noch ein wenig kindliche, aber breite und muskulöse Schultern, die Schultern eines Schwimmers, seine schmale, fast feminine Taille, seine sommersprossige Nase, seinen Mund mit der aufgeworfenen Oberlippe, sogar seine Zähne, seine schönen, geraden, weißen amerikanischen Zähne, die er morgens und abends mit Colgate putzte, die Haarsträhnen, die ihm über die Stirn fielen, die leicht rötlichen Härchen in den Achselhöhlen, an denen David so gern roch, sein Geschlecht, seinen festen, runden, weißen Hintern. Jede neue Trennung am Sonntagabend zerriss ihnen beiden das Herz. Peter hielt im Grunde nichts in Santa Cruz. Warum studierte er nicht in Los Angeles weiter? Es würde ein paar Probleme mit der Universitätsverwaltung geben, aber David, der mit einem Professor befreundet war, der dem Dekan der Fakultät für Kunst nahestand, traute sich zu, sie aus dem Weg zu räumen. An dem Tag, als Peter erfuhr, dass er ab dem zweiten Semester an der UCLA weiterstudieren durfte, vollführte er im Hotelzimmer ein paar Luftsprünge.

David erinnerte sich an Aristophanes' Auffassung von Liebe, die er früher einmal in Platons *Symposion* gelesen hatte. Er hatte das Gefühl, seine fehlende Hälfte gefunden zu haben. Ihre beiden Körper und Seelen ergänzten sich perfekt. Peter war intelligent, sensibel, feinfühlig, er hatte Humor, und er war so schön! Und er liebte David, er liebte seinen Esprit, seine Späße, seinen Akzent, den er vornehm fand, seine Güte, seine Art, zu malen und zu zeichnen, seine Energie, sein Gesicht, sein Lächeln, seinen festen Körper, den eines englischen Farmers, seine muskulösen Arme, seine Hände.

Zum ersten Mal im Leben war David leidenschaftlich in einen Mann verliebt, der ihn wiederliebte, und zum ersten Mal malte er das wahre Leben – nicht eine Idee, nicht etwas, das er in einem Buch gesehen hatte. Er malte Nick im Pool, er malte Peter, der aus Nicks Pool stieg. Er malte das Wasser. Die Bewegung des Wassers, seine Transparenz, seinen schimmernden Glanz, die er durch Wellenlinien andeutete, die Fontäne, die im Moment des Hineinspringens aufspritzte, die einzige Spur des Körpers, der unter der Oberfläche verschwunden war. Wie konnte man etwas darstellen, das reine Bewegung war und nur den Bruchteil einer Sekunde währte, ähnlich wie ein Orgasmus? Er benutzte sehr feine Pinsel und benötigte zwei Wochen äußerster Konzentration, um all die feinen Linien zu ziehen, die das aufspritzende Wasser darstellten. Zwei Wochen für etwas, das zwei Sekunden dauerte.

An Weihnachten nahm er Peter nach London mit. Natürlich war ihm bei dem Gedanken an eine mögliche Wiederholung des Desasters vom Vorjahr ein wenig mulmig. Aber Peter war nicht Bob. Er begeisterte sich für London. Ihm gefiel alles, was alt war; es bereitete ihm ein maßloses Vergnügen, auf der Portobello Road unweit von Davids Wohnung in der Powis Terrace alten Trödel aufzustöbern. Er lernte Davids Freunde kennen, die ihn charmant fanden. Die Namen «David und Peter» wurden immer häufiger in einem Atemzug genannt. Sie wurden als Paar wahrgenommen.

Nach ihrer Rückkehr bot ihnen Nicks Wohnung in Los Angeles nicht mehr genügend Privatsphäre, und so zogen sie gemeinsam an den Pico Boulevard, wo David im Herbst ein Atelier gemietet hatte. Peter machte seinen Eltern weis, er wohne mit anderen UCLA-Studenten zusammen. Als sein Vater die Wahrheit herausfand, kam es zu Szenen, Geschrei und mütterlichen Tränenausbrüchen, wovon er David berichtete, hin- und hergerissen zwischen Belustigung und Mitgefühl. Seine Eltern bestanden darauf, dass er einen Psychiater konsultierte. Er ließ sich aus Respekt vor ihnen darauf ein, obwohl er nicht recht wusste, inwiefern die Sitzungen ihn «normal» machen sollten. Das Glück, das Peter und David empfanden, weil sie endlich zusammenleben konnten, war so intensiv, dass weder familiäre Widerstände noch die Unbequemlichkeit ihrer neuen Wohnung es schmälern konnten. Die winzige Wohnung befand sich in einem baufälligen Gebäude mitten in einem heruntergekommenen Stadtviertel. Sobald sie das Gaslicht anschalteten, huschten die Kakerlaken in dunkle Ecken, aber ihr Domizil war ein Paradies, weil es ihre Liebe beherbergte. Tagsüber ging Peter zu seinen Seminaren, und David blieb zu Hause und malte. Abends gingen sie aus, ins Kino oder in eine mexikanische Taqueria an der Straßenecke oder in ein japanisches Restaurant, wo David Peter heimlich ein Schälchen Sake zuschob. Manchmal aßen sie bei Nick oder bei ihren Freunden Christopher und Don.

Peter war noch nicht alt genug für Alkoholgenuss in der Öffentlichkeit und David hatte kein Bedürfnis mehr, Bars zu frequentieren. Sie tranken kalifornischen Weißwein, etwas anderes stand nicht in ihrem Kühlschrank.

Eines Tages stieß David beim Blättern in einer Zeitschrift auf eine Werbung für Macy's, in der ein Raum abgebildet war, dessen auffallende Diagonalen ihn ansprachen; man hätte ihn für eine Plastik halten können. So entstand die Idee zu einem neuen Gemälde, zu einer Komposition, die sich spontan vor seinem inneren Auge formte, zufällig, als er nicht darauf gefasst war, wie eine Erscheinung, die sich aus der Realität oder einem Bild löste. Im Vordergrund stand ein Bett, darauf lag eine Tagesdecke mit klaren Konturen. David beschloss, Peter bäuchlings darauf zu platzieren, in T-Shirt und Socken, ohne Slip. Er benutzte Fotografien als Vorlage, wobei er sehr auf die Schatten achtete, die das durchs Fenster einfallende Licht warf. Zuerst nannte er das Bild *The room, Encino*, dann änderte er den Titel in *The room, Tarzana*. Damit kam er einer Bitte Peters nach, dessen Familie in Encino lebte und der Angst hatte, jemand könne ihn erkennen. «Deinen Hintern erkennen?», fragte David lachend, denn Peters Gesichtszüge waren fast unkenntlich, während sein Gesäß in der Mitte der Leinwand prangte.

Im folgenden Frühjahr erhielt David in England eine wichtige Auszeichnung für Avantgarde-Künstler, den John Moores-Preis der Walter Art Gallery in Liverpool; verliehen wurde sie ihm für *Peter getting out of Nick's Pool*, einen Rückenakt von Peter, der bis zu den Oberschenkeln im Wasser des Pools stand. Die Tatsache, dass er sich von der Abstraktion entfernt hatte und gegen den Strom geschwommen war, um genau das zu tun, was er wollte, hatte ihm Anerkennung eingebracht. Man hätte meinen können, dass die gestrengen britischen Juroren seine neue Liebe und Kalifornien würdigen wollten. Er gab die Hälfte des Preisgeldes an seine Eltern weiter, damit sie seinen Bruder besuchen konnten, der sich in Australien niedergelassen hatte, und kaufte mit dem Rest ein gebrauchtes Morris Minor Coupé, in dem er im Sommer Peter und einen seiner Freunde aus dem Royal College nach Frankreich und Italien mitnahm. Peter saß vorne neben ihm, Patrick streckte seine langen Beine auf dem Rücksitz aus. Peter war hingerissen: von den steilen Straßen, den Landschaften, den toskanischen Hügeln, den Zypressen, den Dörfern, dem Mittelmeer, den Museen, dem Wein, dem Essen, den billigen Antiquitäten, die ihn zu einem passionierten Sammler machten. David war von seinem Enthusiasmus bezaubert.

Sie besichtigten Rom, verbrachten eine Woche am Strand von Viareggio und fuhren dann weiter nach Südwestfrankreich, in das Dorf Carennac, wo Davids Galerist Kas ein Schloss am Ufer der Dordogne gemietet hatte. Der Galerist brachte David und Peter in einem herrschaftlichen Zimmer unter, das mit antiken Möbeln ausgestattet war, zu denen auch ein königliches Bett gehörte. Patrick aquarellierte, Peter fotografierte mit einer raffinierten Kamera, die seine

Tante, eine Stewardess, ihm aus Japan mitgebracht hatte, und David zeichnete. Ein größeres Glück war nicht vorstellbar. All das, was David etwas bedeutete, war an diesem Ort versammelt: Liebe, Sex, Freundschaft, guter Wein, Arbeit. Im September flog Peter nach Los Angeles, weil er sein Studium wieder aufnehmen musste, und David schlug seine Zelte in London auf, um eine Ausstellung vorzubereiten, die im Januar in Kasmins Galerie beginnen sollte. Er malte in seinem Atelier in der Manchester Street ein großes Bild von Patrick, das er gerade noch rechtzeitig zur Vernissage am 19. Januar fertigstellte. Um anzudeuten, dass er sich selbst nicht ernst nahm, gab er der Ausstellung den ironischen Titel: *A splash, a lawn, two rooms, two stains, some neat cushions and a table painted* – eine schlichte Beschreibung der ausgestellten Gemälde. Die Kritiker waren begeistert von seinen Swimmingpools, von der Modernität der streng geometrischen, geradlinigen Formen und dem Licht, das seine Werke durchflutete. Man sah in ihm den Maler des kalifornischen Lebensstils. Über den Erfolg freute er sich natürlich, doch verglichen mit dem geradezu körperlichen Schmerz, den ihm Peters Abwesenheit bereitete, zählte dieser so wenig, dass er so bald wie möglich nach New York flog. Dort stieß sein Geliebter, den er dazu überredet hatte, seine Kunstseminare zu schwänzen, zu ihm und sie fuhren zum ersten Mal gemeinsam mit dem Auto quer durch die Vereinigten Staaten. Als sie nach fünf Tagen Los Angeles erreichten, atmete David in tiefen Zügen die salzige Pazifikluft ein: Endlich zu Hause!

Sie bezogen ein Apartment, das viel komfortabler war als ihre bisherige schäbige Behausung am Pico Boulevard. Es lag im obersten Stockwerk, mit Blick aufs Meer, und nicht weit von dem Haus entfernt, in dem Peter im Herbst ein Zimmer gemietet hatte. David übernahm den Raum nun als Atelier. Auch ihre besten Freunde Christopher und Don wohnten nur einen Katzensprung entfernt in einem hübschen Gebäude im spanischen Stil. Wenn David und Peter morgens auf den Balkon traten, der in dichten, aus dem Meer aufsteigenden Dunst gehüllt war, wähnten sie sich mitten auf dem Atlantik auf der Brücke der *Queen Mary*. David plante ein großes Doppelporträt von Christopher und Don. Porträts waren als Genre nicht in Mode, und man würde das Werk zweifellos als rückschrittlich einstufen, aber David hatte Lust dazu, und Freiheit bestand nun einmal gerade darin, sich nicht auf eine bestimmte Ansicht festlegen zu lassen, sondern die Erwartungen zu durchkreuzen und mit eigenen Gewohnheiten und Prägungen zu brechen. Er würde nie den ausgezeichneten Rat vergessen, den ihm Ron Kitaj, sein Freund aus dem Royal College, gegeben hatte, den er wieder häufiger traf, weil Ron für ein Semester in Berkeley studierte und ihn immer wieder in L.A. besuchte: «Male das, was für dich zählt.»

Christopher Isherwood, Romancier und Drehbuchautor, zählte viel für ihn. Er war trotz des großen Altersunterschieds sein engster Freund in Los Angeles. Christopher, Jahrgang 1904, stammte, wie David, aus Nordengland (wenn auch aus einer höheren Gesellschaftsschicht) und hatte sich aus denselben Gründen wie er für ein Leben in Kalifornien entschieden: Er liebte die Sonne und attraktive junge Männer, und er fand die Vorurteile, die in seinem Heimatland herrschten, unerträglich. Sein Freund Don, ein Maler im Alter Davids, war erst achtzehn gewesen, als Christopher ihm im Jahre 1954 am Strand von Santa Monica begegnet war. David war fasziniert von dem großen Altersunterschied des Paares und seiner Liebesgeschichte. Sie waren das einzige offen schwule Paar in seinem Bekanntenkreis, dessen Beziehung so lange gehalten hatte. David wünschte sich nichts sehnlicher, als mit Peter zusammen alt zu werden, nach dem Vorbild von Christopher und Don. Er malte kein Porträt, sondern seinen Traum.

Über Wochen zeichnete er die Gesichter der Freunde. Sie saßen ihm in seinem Atelier Modell, und immer, wenn er sie bat, sich zu entspannen und seine Anwesenheit zu vergessen, kreuzte Christopher die Beine, legte das linke über das rechte Knie und richtete den Blick auf Don, während sein Partner David fixierte. Die Pose drängte sich für die Komposition auf. Auch als Don für längere Zeit in London war, arbeitete David an dem Porträt weiter und sah Christopher täglich. Der erzählte ihm aus seinem Leben, oder, besser gesagt, aus seinen Leben, denn er hatte mehrere geführt. Er hatte sein Studium in Cambridge abgebrochen und mit zwanzig England verlassen, während der Weimarer Republik in Berlin gelebt – wo ihn seine Liebe zur deutschen Sprache zu seinem berühmtesten Roman *Goodbye to Berlin* (*Lebwohl, Berlin*) inspiriert hatte –, war 1939 mit seinem Schriftstellerfreund W.H. Auden in die USA ausgewandert, vorübergehend Buddhist und Quäker geworden und hatte schließlich am Strand von Santa Monica Don kennengelernt und sich in Kalifornien niedergelassen.

David kannte keinen freieren Menschen als ihn. Aber er erlebte auch, wie bedrückt Christopher war, als Don ihm aus London mitteilte, seine Rückkehr werde sich verzögern. Obwohl er befürchten musste, seinen jungen Geliebten an einen anderen Mann zu verlieren, riet er David: «Sei nicht zu besitzergreifend gegenüber deinen Freunden, David. Lass sie frei.» David hatte Mitgefühl mit ihm, aber von der Situation betroffen fühlte er sich nicht. Peter und er wünschten sich schließlich nur eines: Sie wollten zusammen sein.

Das Porträt wurde ein intimes und zugleich monumentales Werk. Im Vordergrund stand ein niedriger Tisch, auf dem David einige Gegenstände arrangiert hatte – Bücherstapel, eine Schale mit Äpfeln und Bananen, die in das vorwiegend in Blautönen gehaltene Gemälde gekonnt Akzente aus der warmen Farbpalette einbrachten, und einen trockenen Maiskolben, dessen längliche Form wie ein ironisches Augenzwinkern wirkte. Das breite Fenster, das die obere Bildhälfte dominierte, öffnete den Raum, und für die Innenseite der geschlossenen Fensterläden wählte David ein Türkisblau, das man vom Blau der Swimmingpools, des Ozeans, des kalifornischen Himmels kannte. Am Royal College, vor seiner Zeit in Kalifornien, hatte er einmal ein kleines Bild von einem rennenden Mann gemalt und in das obere Bilddrittel ein blaues Viereck gesetzt. Er hatte das Bild *Man running toward a bit of blue* genannt. Tatsächlich war das Blau, insbesondere das intensive, vibrierende, tiefe Blau, das Blau Vermeers, eine Farbe, auf die man am liebsten zugerannt wäre wie auf das Meer. Die geraden Linien, die er für den Tisch, das Fenster und die breiten, eckigen Rattansessel gewählt hatte, auf denen Christopher und Don saßen, kontrastierten mit der Zartheit der menschlichen Figuren, die nur einen kleinen Teil des Raums einnahmen. Es war gleichermaßen ein Stillleben wie ein Porträt, ein klassisches und doch sehr zeitgenössisches Gemälde, in dem Christophers fürsorgliche Haltung gegenüber Don und die Tiefe ihrer Beziehung zum Ausdruck kamen.

Glück war möglich. David empfand es jeden Morgen, wenn er neben seinem Geliebten aufwachte und sich an seine Staffelei stellte, wenn er den aromatischen Geruch der Eukalyptusbäume nach dem Regen einatmete und seine Lungen mit dem Duft von Jasmin und Meer füllte, und wenn er beim Abendessen Peter wiedersah. Das Glück war nicht, wie die Romantiker behaupteten, unvereinbar mit Kreativität; Schaffenskraft entstand nicht notwendigerweise aus Mangel, sondern ebenso aus Fülle. Die Entscheidung von vor fünf Jahren, die Entscheidung, ohne Führerschein nach Los Angeles zu gehen, die seine New Yorker Freunde damals für absurd hielten, hatte sich als die beste Entscheidung seines Lebens entpuppt.

Peter hatte sich auf ihrer Sommerreise durch England, Frankreich und Italien in Europa verliebt und große Sehnsucht nach der Alten Welt entwickelt. Er sei am falschen Ort und zur falschen Zeit geboren, erklärte er, und beschloss kurzerhand, sich am Royal College und an der Slade School of Fine Art zu bewerben. Er bat David um ein Empfehlungsschreiben. Als er vom Royal College abgelehnt wurde, fiel es David – der eine Absage erwartet hatte, denn das College nahm nur fünf bis sechs Studenten pro Jahr auf – nicht schwer, ihn zu trösten. Er nahm die Verantwortung für die Absage sogar auf sich. Da er am College als Rebell galt, argumentierte er, habe sein Brief Peter vermutlich eher geschadet. Ein paar Tage später traf ein weiteres Schreiben ein, diesmal von der Slade. Der ernüchterte Peter öffnete es achselzuckend und riss die Augen auf: Er war angenommen worden.

Zum ersten Mal wichen Peters und Davids Wünsche und Vorstellungen voneinander ab, und sie stellten fest, dass sie beide einen starken Willen besaßen, den die Liebe nicht außer Kraft setzte. David hatte nicht die geringste Lust, aus Los Angeles wegzugehen, schon gar nicht nach Großbritannien, in das Land der kurzsichtigen Nannys, das Land des Elitedenkens, der Ungleichheit, der brüchigen Demokratie, wo man nach elf Uhr abends nicht mal ein Bier bekam, wenn man nicht einen exorbitanten Preis für eine Clubmitgliedschaft zahlte. Sie hatten einen

Ort gefunden, an dem sie miteinander glücklich waren, wozu sich also anderswo in Abenteuer stürzen? Und was konnte ein wahrer Künstler schon an einer Kunstschule lernen? Peter beherrschte die Grundzüge des Zeichnens, er hatte Talent, mehr brauchte er nicht. Sie diskutierten lange und hitzig, jeder beharrte auf seinem Standpunkt. Natürlich brachten Institutionen keine Künstler hervor, sagte Peter, aber sie waren gut für ihre Karriere – und sogar für ihr Privatleben. Hatten sie beide sich nicht dank der Goldmedaille kennengelernt, die das Royal College David verliehen hatte? Und hatte das Diplom, auf das David so wenig gab, ihm in seiner Anfangszeit nicht als Türöffner gedient? Hatte Kasmin ihn nicht am Royal College entdeckt? Ein Studium in London, noch dazu an einer so renommierten Einrichtung wie der Slade, war doch eine einmalige Chance! Konnte David den Mann, den er angeblich liebte, dieser Chance berauben? Sie würden nur während Peters Studium auf L.A. verzichten müssen, drei oder vier Jahre. Und wenn sie damit nicht glücklich waren, brauchten sie nur den Ozean in die andere Richtung zu überqueren und hätten ihr Paradies wieder. *Please, David, please.* Peter begleitete seine Argumentation mit überzeugenden Zärtlichkeiten. David gab nach.

Seine Befürchtungen erwiesen sich als grundlos. Ihr Londoner Leben unterschied sich nicht wesentlich von dem in Kalifornien. Sie bezogen eine kleine Wohnung an der Powis Terrace, von der aus Peter in zwanzig Minuten mit der U-Bahn die Slade erreichte. David arbeitete zu Hause und erwartete abends ungeduldig die Rückkehr seines Freundes von dessen Seminaren oder aus dem Atelier. Peter hatte enttäuscht erfahren, dass ausländischen Studenten an der Slade kein eigener Arbeitsplatz zustand, aber David hatte für ihn ein Zimmer bei seiner Freundin Ann gefunden, die sich gerade von ihrem Mann getrennt hatte. Als Künstlerin und Mutter eines entzückenden zweijährigen Jungen, der den poetischen Namen Byron trug und kurz nach dem Sommer zur Welt gekommen war, in dem Peter und David sich kennengelernt hatten, brauchte sie zusätzliche Einkünfte. Ann wohnte fünf Minuten entfernt am Colville Square; ihr Ex-Mann, ein Freund aus Davids Studienzeit am Royal College, hatte David damals ins Viertel geholt. Es war ein überaus praktisches Arrangement.

Der Himmel in London war grauer, keine Frage, aber das kulturelle Leben reicher als in Los Angeles, und David hatte hier noch mehr Freunde. Sie wurden überallhin eingeladen, besuchten Theater-, Film- und Opernpremieren, gingen mit Celia und Mo zu Ossies Modenschauen, zu Vernissagen bei Kasmin oder in anderen Galerien. Sie aßen im Odin's, einem trendigen Restaurant, das einem ihrer Freunde gehörte. Übers Wochenende fuhren sie zu Aristokraten oder Künstlern, die auf dem Land Herrenhäuser mit blühenden Gärten besaßen. Der euphorische Peter hörte gar nicht mehr auf zu fotografieren. David sah sein Land durch die Augen des jungen Amerikaners und lernte es wieder lieben. Sonntags luden sie zum

Tee und servierten kleine Sandwiches und Kuchen, die David an seine Kindheit erinnerten und bald so beliebt wurden, dass die Teetassen nicht für alle Gäste reichten. Es war eine Zeit großer Harmonie. Peter dankte David beinahe täglich dafür, dass er ihm Zugang zu einer – im Vergleich zu seinem heimatlichen Kalifornien – so viel kultivierteren Welt verschafft hatte. Er tauchte in den Londoner Kosmos ein, als hätte er nie woanders gelebt. Als schöner, jugendlich frischer Mann, umgeben von älteren Männern, mangelte es ihm nicht an Gelegenheiten, und Davids Freunde verhielten sich nicht immer loyal (hatte sich nicht sogar Henry in der Anfangszeit ihrer Beziehung einmal geradezu raubvogelartig auf Peter gestürzt, als er ihn einmal allein am Pico Boulevard antraf? David lachte laut, als Peter ihm, schockiert wie eine schüchterne Jungfrau, davon berichtete), aber es bestand keine Gefahr. Auch in London hatten sie, nicht anders als in L.A., nur Augen füreinander.

Es wurde Sommer. Wieder fuhren sie in die Dordogne zu Kas. Anschließend besuchten sie den englischen Filmregisseur Tony Richardson, einen Freund von David, der in London und Los Angeles lebte und gerade einen Bauernhof in den Hügeln oberhalb von St. Tropez renovierte, um ihn zu einem Ferienhaus für gute – und weniger gute – Bekannte umzugestalten. Tony war so gastfreundlich, dass kein Besucher sich je bei ihm ankündigen musste. Man tauchte auf, wann man wollte, man wohnte in einem seiner Bungalows, mischte sich unter die anderen Gäste, verbrachte herrliche Tage am Pool und blickte über

Blumenwiesen zur Küste hinunter. David und Peter trafen Freunde aus L.A. wieder, Kalifornien hatte sich nach Europa verlagert. Im Herbst verbrachten sie mehrere Wochenenden in Paris und fuhren durch die französische Provinz. Unterwegs stiegen sie immer in den besten Hotels ab. Es war so leicht, am Freitagabend bis zur Küste zu fahren, den Wagen auf die Fähre zu verladen und am Samstagmorgen in Nordfrankreich aufzuwachen. In Kalifornien hatten sie nicht den ganzen europäischen Kontinent vor der Tür, mit all seiner Vielfalt und Schönheit. Das musste auch David zugeben. Besonders gut gefiel ihnen der Badeort Vichy und der Pavillon Sévigné, ein Luxushotel von Proustscher Eleganz. Sie genossen es, dort abzusteigen, sich massieren zu lassen und vollkommen entspannt in glücklicher Zweisamkeit exquisite Abende und Nächte zu verbringen.

Peter brachte ihm Glück. Ihr zweites Jahr in London war in beruflicher Hinsicht für David ein sehr fruchtbares, denn die Whitechapel Gallery im Osten der Hauptstadt wollte ihm eine Retrospektive widmen. Er folgte den Fußspuren der Meister: Hier war 1938 Picassos *Guernica* ausgestellt worden, als Protest gegen den Spanischen Bürgerkrieg, hier hatte 1961, als David noch am Royal College studierte, Mark Rothkos erste Ausstellung auf englischem Boden stattgefunden und im Jahr 1964 die Ausstellung «The New Generation». Die Retrospektive sollte seine sämtlichen Arbeiten aus den letzten zehn Jahren zeigen, seine Zeichnungen und Radierungen, die kalifornischen Gemälde, die großen Porträts. Daneben plante er ein weiteres Doppelporträt, ein Bild von Henry und dessen Partner, für das er die Freunde in New York zeichnete und fotografierte. Bei dieser Gelegenheit lernte er in New York die Grenzen des amerikanischen Gesundheitssystems kennen: Er wurde krank, bekam hohes Fieber und stellte zu seiner Verblüffung fest, dass es in diesem so demokratischen und großzügigen Land schlichtweg unmöglich war, einen Arzt aufzusuchen, wenn man nicht schon einen hatte oder stundenlang mit den Ärmsten der Armen in der Notaufnahme warten wollte.

Das neue Porträt war ganz in Grün und Rosa gehalten und unterschied sich damit auffallend von dem, das Christopher und Don zeigte. Henry, mit gekreuzten Beinen auf einem rosafarbenen Samtsofa im Art-Déco-Stil sitzend, nahm das Zentrum des Bildes ein und blickte den Betrachter direkt an; durch das Fenster hinter ihm erkannte man die Wolkenkratzer von Manhattan. Seine Brillengläser reflektierten das Licht. Einer seiner blank polierten Schuhe war durch ein Glastischchen hindurch sichtbar, der andere Fuß lag über seinem Knie. Sein in einen beigefarbenen Trenchcoat gekleideter Freund, seitlich im Bild im Profil gezeigt, sah aus, als überbringe er eine Botschaft oder sei im Begriff zu gehen. «Man könnte ihn für den Engel der Verkündigung halten», merkte ein Freund an; seine Bemerkung amüsierte David sehr, denn Henry hatte so gar nichts von einer Jungfrau Maria. Es war kein schmeichelhaftes Porträt, aber Henry war von einem Nimbus der Kraft umgeben, der in vielen Details zum Ausdruck kam: dem gewölbten Bauch, der von den Falten einer grauen, ärmellosen Weste betont wurde, in der roten Krawatte, den leicht geöffneten Lippen, der geballten Faust, dem Streifen Haut zwischen der Socke und dem Hosensaum. Auch dieses Bild vermittelte dem Betrachter einen Eindruck von der Beziehung zwischen den Protagonisten. Anders als bei Christopher und Don ahnte man bereits, dass sie keinen Bestand haben würde.

Bald darauf machte sich David an das nächste großformatige Werk. Es stellte Peter und Ossie als Rückenfiguren dar, im gepflegten Parc des Sources in Vichy auf Eisenstühlen sitzend, neben einem leeren Stuhl (David war offenbar aufgestanden, um die Komposition zu skizzieren, und damit als Abwesender präsent). Das Ganze mit Ausblick auf zwei sehr «französische» Baumreihen.

Am 2. April betrat ein freudig erregter und nervöser David zusammen mit Peter die Whitechapel Gallery. Alles, was Rang und Namen hatte, drängte sich zur Vernissage in den Räumen des Museums. Zum ersten Mal sah er Jugendwerke wieder, die Käufer gefunden hatten. Während des Studiums am Royal College hatte er noch nach seinem eigenen Weg gesucht, deshalb wimmelte es in den frühen Werken von Zitaten französischer, italienischer und amerikanischer Künstler der Vergangenheit und Gegenwart, insbesondere Dubuffet und Francis Bacon. Doch schon damals hatte er sich zunehmend von ihrem Stil befreit und seinen eigenen gefunden, und man erkannte seine Handschrift, seine Formensprache, seine Theatralik, seine Lust am Spielerischen, seine Farben, seine Beziehung zum Raum. In alledem kündigten sich bereits die großformatigen Doppelporträts an.

Mit erst zweiunddreißig die erste Retrospektive! Er war auf dem besten Wege, ein berühmter Maler zu werden, auch wenn er nicht gerne in solchen Kategorien dachte. Seine Eltern hatten ihn im Radio gehört und Fotos von ihm in der Zeitung gesehen, die Nachbarn sprachen sie auf ihren berühmten Sohn an, die Bradford City Art Gallery erwarb mehrere Farbradierungen. Interviewanfragen häuften sich, es hagelte Einladungen, hin und wieder wurde er bereits auf der Straße erkannt. Seine Bilder, besonders die lichterfüllten, modernen und gleichzeitig klassischen Doppelporträts, fanden reißenden Absatz. Kas drängte ihn, mehr und schneller zu malen, denn die Sammler warteten. David arbeitete nicht gern unter Zeitdruck, aber es tat ihm gut, so gefragt zu sein.

In dieser beflügelnden Phase kam ihm das häusliche Idyll mit Peter zuweilen ein wenig monoton vor. Sie waren einander nun seit fast vier Jahren treu. Die Leidenschaft war ein wenig abgeflaut. Las man nicht überall in der Literatur, in *Tristan und Isolde* zum Beispiel – deren Geschichte David dank Wagner auswendig kannte –, dass die Verliebtheit nach drei Jahren abnahm? Es kam nun vor, dass Peter keine Lust auf Sex hatte und sich von David nicht einmal umarmen lassen wollte. Er warf ihm vor, ihn als Künstler nicht ernst zu nehmen. David zuckte die Achseln. Peter war zweiundzwanzig und studierte noch an der Slade – übertreiben wir mal nicht! Nach der Retrospektive beklagte sich Peter, in Davids Bildern nur als Objekt der Begierde aufzutauchen. So stand es in den Zeitungen, und dachten das insgeheim nicht auch ihre Freunde? David verdrehte die Augen und ließ sich nicht zu einer Antwort herab.

Am Vorabend des Osterfests kam es zu einem ernsthaften Streit, denn David wollte das Fest ohne Peter in Bradford verbringen. Ostern war, wie Weihnachten, für die Familie reserviert.

«Schämst du dich wegen mir?», fragte Peter wütend.

«Fang nicht damit an.»

«Du bist so ein Feigling. *Ich* habe mir deinetwegen den Zorn meiner Eltern zugezogen.»

«Darum geht es nicht, und das weißt du. Der Zeitpunkt ist nicht günstig.»

Das Thema hatte schon häufig für Diskussionen gesorgt. David hatte Peter erklärt, dass seine Eltern, die in der Provinz aufgewachsen waren und jeden Sonntag in die methodistische Kirche gingen, über Homosexualität nur so viel wussten, dass der Herr auf Sodom und Gomorrha Feuer und Schwefel regnen ließ. Er wollte seiner Mutter keinen Schock versetzen, denn sie ging auf die siebzig zu und war sehr in Sorge um ihren alles andere als gesunden Mann.

«Der Moment ist nie günstig!», schimpfte Peter und knallte die Tür hinter sich zu.

Als David zwei Tage später mit einem Schokoladenei aus Bradford zurückkehrte, schmollte Peter immer noch.

In der Zweizimmerwohnung, die David auch als Atelier nutzte, fehlte es ihnen an Platz. Da wurde die angrenzende Wohnung frei, und David, dessen Retrospektive sehr erfolgreich gewesen war, war imstande, sie zu kaufen. Im Herbst sollte die Renovierung beginnen. Peter würde die Aufsicht führen und die Inneneinrichtung gestalten. Das war eine Tätigkeit, die ihm lag, er konnte sich nützlich machen. Eine Zeit lang sprachen sie nur noch über die künftige Wohnung, sie hatten wieder ein gemeinsames Ziel vor Augen. Dann flog Peter im August allein nach Los Angeles, um seine Eltern zu besuchen. Als er Anfang September zurückkam, wurde er von David schon ungeduldig erwartet. Doch ihr Wiedersehen war ein Fiasko. Peter war angespannt und reizbar, und als David ihn fragte, was denn los sei, schob er seine schlechte Laune unwirsch auf den Jetlag. Im Herbst nahm ihn David nach Nord- und Osteuropa mit, zu den nächsten Stationen der Whitechapel-Ausstellung. Die Burgen und Schlösser bei Karlsbad und Marienbad verströmten einen wunderbar altmodischen Charme, aber Peter war verstimmt, weil es keine Antiquitätengeschäfte gab, und ließ seinen Ärger an David aus, als sei dieser dafür verantwortlich. David, der nicht mehr wusste, was er tun sollte, um Peter nicht noch weiter gegen sich aufzubringen, fand seine Launen anstrengend.

Vielleicht ertrug der Junge aus Kalifornien den langen englischen Winter nicht mehr? Vielleicht hatte er den grauen Himmel und die schlechte Luft satt und brauchte einfach nur Sonne? Im Februar lud David ihn und ihre gemeinsame Freundin Celia, die Peter sehr mochte, nach Marokko ein. Das Hotel La Mamounia war eine Oase der Schönheit, des Luxus und der Kultiviertheit, und Peter genoss vom Balkon den prachtvollen Blick auf die Gärten und die Palmen vor ihrem Zimmer. Als er wieder einmal am Geländer lehnte, holte David, der sofort eine potenzielle Komposition vor sich sah, seine Kamera und seinen Skizzenblock. Da fuhr der junge Mann ungeduldig herum. «Schon wieder!» Er hatte keine Lust mehr zu posieren. Er wollte hinaus aus dem Hotel, durch Marrakesch schlendern, die Souks erkunden, den Gettys einen Besuch abstatten. «Man merkt, wie jung du bist!», kommentierte David, «ich habe mit alledem abgeschlossen.» Peter warf ihm Herablassung vor und geriet so in Rage, dass Celia aus dem Nebenzimmer angelaufen kam und alle Mühe hatte, ihn zu beruhigen.

Gemeinsam entschieden sie, die Osterferien getrennt zu verbringen. Sie brauchten beide etwas Abstand. Eine Beziehungspause. Peter fuhr nach Paris und David flog nach Los Angeles. Dort fand er genau das, was er gesucht hatte: eine Zeit vollkommener Entspannung im Haus eines Freundes von Nick, einem Banker, bei dem Tag und Nacht am Pool gefeiert wurde. Drogen machten die Runde, die jungen Männer waren attraktiv und nicht prüde. Nach dem Sex zeichnete David sie. Es ging ihm besser und er hatte Sehnsucht nach Peter. Im Flugzeug, das ihn nach London zurückbrachte, dachte er voller Zärtlichkeit

an ihn und konnte es kaum erwarten, ihn wiederzusehen und sich mit ihm zu versöhnen.

Doch Peter war nicht verfügbar, er hatte jemanden kennengelernt. David, der sich soeben selbst ein
paar Eskapaden gegönnt hatte, durfte sich im Grunde nicht beschweren. Und Peter war noch so jung,
gerade erst dreiundzwanzig. David war sein erster
Liebhaber, der Junge musste noch ein wenig experimentieren dürfen. Man musste ihm seine kleinen
Abenteuer lassen. Christopher Isherwoods Rat fiel
ihm ein. Dem klugen Christopher war es gelungen,
seinen Schmerz im Zaum zu halten. Don war am
Ende aus London zurückgekommen, die beiden waren heute glücklicher denn je. David würde die Kraft
finden, es ihm gleichzutun.

Glücklicherweise hatte er seine Arbeit als Ret-
tungsanker. Er hatte ein neues Doppelporträt begonnen, auf dem Ossie und Celia dargestellt waren,
die kürzlich geheiratet hatten, weil Celia schwanger
war. Das Bild sollte ihr Hochzeitsgeschenk werden.
Ossie saß in lässiger Haltung auf einem modernen
Stuhl, seine Katze auf den Knien, während Celia in
einem langen dunklen Kleid bei dem offenen Fenster stand, neben sich eine Vase mit weißen Lilien,
die Hand in die mollig gewordene Taille gestützt,
wodurch ihre Schwangerschaft betont wurde. Auch
das Telefon auf der rechten Seite war weiß, desglei-
chen das Balkongeländer und die Katze. Das viele
Weiß durchflutete das Gemälde mit einer Sanftheit,
die von Celia ausging. David hatte Schwierigkeiten,
Ossies Füße zu malen, und musste sie im Teppichflor

verstecken. Auch Ossies Kopf machte ihm zu schaffen, er überarbeitete ihn mehrere Male und war doch nicht zufrieden, zweifellos weil er mit dem Menschen Ossie nicht zufrieden war, der immer mehr Drogen nahm, sich immer exaltierter benahm und Celia schlecht behandelte. Kaum war das Gemälde beendet, nahm David, der so etwas sonst stets ablehnte, eine Auftragsarbeit an: das Porträt des Direktors von Covent Garden, der in den Ruhestand ging. Hauptsache beschäftigt sein. Parallel dazu dachte er immer häufiger über eine Komposition nach, die ihm in den Sinn gekommen war, als er auf dem Fußboden seines Ateliers zwei Fotografien nebeneinander liegen sah. Eine zeigte eine männliche Figur in einem Swimmingpool, die andere einen jungen Mann im Profil, der den Schwimmer zu beobachten schien. Die Komposition, die, wie viele andere, dem Zufall entsprungen war, gefiel ihm auf Anhieb, und er wusste sofort, dass er daraus ein Bild machen wollte. Peter in der Rolle des stehenden Beobachters. Peter, ausnahmsweise einmal nicht derjenige, der im Wasser schwamm, das Objekt des Blicks, sondern der vollständig bekleidete Mann am Rand des Beckens, der Beobachter, das aktive Subjekt des Blicks – der Künstler.

David flehte Peter an, im Juli mit ihm nach Frankreich zu fahren. In Carennac erwarteten sie die Erinnerungen an glückliche Stunden im Schloss, mit Kas, seiner Frau und den anderen Gästen, ein Fluss, in dem sich der gelbliche Stein der alten Mauern spiegelte, Tafelfreuden in anregender Gesellschaft unter

Nussbäumen, exquisite Bordeaux-Weine, abendliche Milde und vieles mehr. Ihr Zwist würde sich auflösen und die alte Zärtlichkeit neu belebt werden. Peter ließ sich überreden, aber er verhielt sich alles andere als liebevoll. Er attackierte David immerfort, sogar in der Öffentlichkeit, und ließ sich zu immer neuen Kränkungen hinreißen. Er wollte weder Modell stehen noch berührt werden. Nach einer Woche bestand er darauf, nach Cadaqués zu fahren, wohin ein Freund sie eingeladen hatte. David gab nach. Als sie nach einer langen, strapaziösen Fahrt über heiße, kurvige Straßen in der nordostspanischen Stadt ankamen, wartete eine schreckliche Überraschung auf David: Peters neuer Liebhaber war da.

Es blieben nur noch drei Tage bis zu Peters Abreise nach Griechenland, wo er seine Eltern treffen sollte, und David wollte ihn unbedingt noch eine Weile für sich allein haben. Er bat ihn inständig, auf einen Bootsausflug zu verzichten, der für den nächsten Tag angesetzt war. Peter sah nicht ein, dass er auf eine amüsante Ablenkung verzichten sollte, nur um mit David allein zu sein, der ihn zweifellos wieder mit Vorwürfen überschütten würde. Am Tag des Ausflugs folgte David ihm bis zum Bootsanleger, auf dem sich die Mitfahrer eingefunden hatten, darunter Peters Liebhaber, ein hübscher, hochgewachsener, etwa gleichaltriger blonder Däne. Er sah zu, wie die Ausflügler an Bord sprangen.

«Peter, wenn du jetzt gehst, ist alles aus.»

Peter drehte sich nicht einmal um, und David geriet außer sich.

«Fick dich! Dann hau doch ab!»

Er hatte so laut geschrien, dass sich die anderen Gäste nach ihm umdrehten. Er floh. Im Zimmer packte er die Koffer und fuhr los, quer durch die Pyrenäen nach Perpignan, wo er eine Nacht blieb. Dann ging es ohne Halt weiter nach Carennac, so schnell es die kurvigen Straßen der Dordogne zuließen.

Als er im Schlosshof ausstieg und seine Freunde sah, Kas und dessen Frau, Jane, Ossie, Celia und Patrick, brach er in Tränen aus. Sein Wutausbruch tat ihm bereits entsetzlich leid. Er versuchte, Peter telefonisch zu erreichen – vergeblich. Sie konnten sich doch nicht für einen ganzen Monat trennen, wenn seine letzten Worte «Dann hau doch ab!» gelautet hatten. Er musste nach Cadaqués zurück. In der brütenden Sommerhitze fuhr er in Begleitung von Ossie ein zweites Mal hin. Sie brauchten zwei Tage und hielten nur an, um zu schlafen. Peter machte kein glückliches Gesicht, als er ihn sah.

«Was willst du denn hier? Geh weg!»

«Ich kann jetzt nicht zurückfahren, Peter. Ich bin seit vier Tagen mit dem Auto unterwegs, ich bin zu müde.»

Die Tränen rollten ihm über die Wangen, er konnte es nicht verhindern. Wie konnte Peter nur so grausam sein? Die Freunde griffen vermittelnd ein, und Peter wurde etwas zugänglicher. Am Vorabend seiner Abreise nach Griechenland konnten sie endlich miteinander sprechen, ohne zu weinen oder sich gegenseitig zu beleidigen. Beim Abschied ging es David besser.

Er hatte nun einen ganzen Monat Zeit, über das Geschehene nachzudenken. Er würde sich ändern. Er würde weniger egoistisch sein. Er hatte Peter wie einen Besitz behandelt, von nun an würde er ihm zuhören, ihm mehr Aufmerksamkeit schenken, ihm Komplimente über seine Bilder und Fotografien machen, ihm zu verstehen geben, welchen einzigartigen Platz er in seinem Leben einnahm. David erinnerte sich an seine eigene Jugend: mit dreiundzwanzig hatte es ihm an Orientierung gemangelt. Es war sicher nicht einfach, mit einem älteren, erfolgreichen Künstler zusammenzuleben. Er würde Peter beweisen, dass er ihn als selbstständiges Individuum mit einem eigenen Willen und einem eigenen Leben respektierte. Er war zu egozentrisch gewesen. Von seiner Arbeit absorbiert, hatte er es zugelassen, dass sie sich einander entfremdeten. Aber man konnte mildernde Umstände ins Feld führen: Die Retrospektive war nicht irgendeine Ausstellung, sie präsentierte ein komplettes Jahrzehnt seines Schaffens.

Als Peter im September nach London zurückkehrte, teilte er David mit, er brauche Zeit. Er trug eine Matratze ins Atelier. Immerhin wohnte er weiterhin quasi um die Ecke, bei ihrer gemeinsamen Freundin Ann. Die Umbaumaßnahmen, die im vergangenen Jahr für so viel Unruhe und Lärm gesorgt hatten, waren beendet. Die große Wohnung, die Peter mit ausgewählten Designermöbeln ausgestattet hatte, war ein Prunkstück geworden, und das geräumige Badezimmer mit den leuchtend blauen Kacheln verfügte nun über eine Multi-Jet-Dusche, die David liebend gern mit Peter ausprobiert hätte. Aber er musste sich in Geduld üben und dem Freund Zeit und Raum lassen. Er malte ein Stillleben mit einigen wenigen auf einem niedrigen Glastisch angeordneten Objekten, die stellvertretend für seine eigene Einsamkeit standen, und – ein Spiegelbild seiner Melancholie – einen roten Schwimmring, der in einem Pool trieb. Die Tage zogen dahin, einer so bedrückend wie der andere. Ohne Valium konnte er nicht schlafen. In manchen Nächten hielt ihn nur der Gedanke an seine Mutter davon ab, die ganze Schachtel zu schlucken. Ein Freund, der das Ausmaß seiner Depression erkannte, nahm ihn nach Japan mit. David hatte schon lange von diesem Land geträumt, doch nun erschien ihm Tokio hässlich, der Smog setzte ihm zu, die Schönheit von Kyoto berührte ihn nicht, er musste unablässig an Peter denken. Eines Abends rief er ihn vom Hotel aus an, nur um seine Stimme zu hören, und vernahm aus tausenden Kilometern Entfernung die Worte, die ihm ins Herz schnitten: «Es ist aus.» Nur eines gefiel ihm an Japan – ein Bild mit dem Titel *Osaka im Regen*, das er in einer Ausstellung über traditionelle japanische Kunst entdeckte.

Nach der Rückkehr stürzte er sich in die Arbeit. Der einzige Mensch, dessen Gegenwart er ertrug, war seine Mutter. Sie kannte zwar den Grund für seine Niedergeschlagenheit nicht, aber er spürte, dass sie die Last gerne an seiner Stelle getragen hätte. Sie nannte ihn «mein Liebling», war immer bereit, für ihn Modell zu sitzen, ohne sich je über Müdigkeit zu beklagen, respektierte seine Arbeit und floss über vor Dankbarkeit, wenn er ihr einen Strauß Tulpen, ein Kleid oder ein Fernsehgerät schenkte. Im Grunde seines Herzens wartete er darauf, dass Peter zu ihm zurückkehrte. Es konnte nur eine Frage von Wochen oder Monaten sein, alles andere war nicht vorstellbar. Der Reiz des Neuen würde sich abnutzen und Peter würde bewusst werden, dass ihre Liebe etwas Einzigartiges war. Vorher musste er selbst jedoch noch eine Aufgabe bewältigen, die ihm wie eine Bewährungsprobe im Märchen vorkam: das Bild malen, das Peter seine Würde zurückgab, indem es ihn als Künstler und nicht als Geliebten darstellte.

Doch das Werk erwies sich als widerspenstig. David stand stundenlang davor, ohne zu erkennen, was daran nicht stimmte. Es half nichts, wenn er die Figur übermalte, wenn er an dem Schwimmer oder der Wasserfläche arbeitete, das Problem blieb bestehen. Erst als sein Blick eines Morgens mit höchster Konzentration zwischen den Fotos und dem Bild hin und her schweifte, kam ihm die Erleuchtung. Der Winkel des Pools war falsch. Folglich war das ganze Gemälde falsch. Er musste noch einmal neu anfangen. «Du bist verrückt!», protestierte Kas. Seit sechs Monaten arbeitete David an dem Bild. Und ohnehin blieb nicht mehr genug Zeit, noch einmal von vorne anzufangen, denn die Ausstellung sollte in drei Wochen, am 13. Mai, in der New Yorker André Emmerich Gallery eröffnen, und es war Davids erste Einzelausstellung seit 1969. Aus Kasmins Sicht existierte das Problem nur in Davids Kopf. Er schaffe es nicht, das Bild zu Ende zu bringen, weil er Peter nicht loslassen könne. «Nein», widersprach David und versicherte ihm, das Gemälde werde rechtzeitig fertig werden.

Er arbeitete wie ein Besessener. Mit seinem Modell und Assistenten Mo, mit dem er mittlerweile eng befreundet war, fuhr er in Tonys Ferienhaus oberhalb von St. Tropez, wo er oft mit Peter gewohnt hatte. Letzterer hatte die Taktlosigkeit besessen, dort am Sommerende bei seiner Rückkehr aus Spanien mit seinem skandinavischen Freund Station zu machen, aber Tony hatte sich geweigert, die beiden bei sich zu empfangen. David war Tony sehr dankbar dafür. Obwohl das Wasser zu Frühjahrsbeginn noch kalt war, ließ David Mo lange im Pool schwimmen, damit er Fotos von ihm schießen konnte, und danach musste Mo in Peters rosaroter Jacke am Beckenrand Modell stehen. Zurück in London, malte er nicht nur bei Tag, sondern auch bei Nacht, denn ein junger Regisseur, der einen Film über ihn drehen wollte, stellte ihm Scheinwerfer zur Verfügung, wie sie bei Dreharbeiten verwendet werden, um den Eindruck von Tageslicht zu erzeugen. Im Gegenzug tolerierte David einen Nachmittag lang die Gegenwart eines Fremden in seinem Atelier. Zehn Tage lang schlief er so gut wie gar nicht. Am Abend vor der Vernissage war das Bild fertig. Kaum war die Farbe getrocknet, rollte er die Leinwand zusammen und schickte sie nach New York.

Es war sein schönstes Bild, schöner als das Porträt von Christopher und Don, schöner als *Le parc des Sources*. Von Licht umflossen, ähnelte Peter mit seiner hellroten Jacke, dem dunkelblonden Haar und dem Blick auf den Schwimmer im transparenten Wasser einem Engel, aber einem Engel mit einem menschlichen Körper, der auf die Umrandung des Pools einen kräftigen Schatten warf. In diesem Bild fanden sich zum einen die starken Diagonalen und die Perspektive aus *Parc des Sources*, zum anderen das intensive, lockende Blau aus dem Porträt von Christopher und Don. Das Gemälde war ein Ausdruck seiner Liebe zu Peter. Es war ein Porträt des Himmels, ein Porträt des Wassers, ein Porträt der Liebe, das Porträt eines Künstlers. Peter würde es nicht ansehen können, ohne Davids Liebe darin zu erkennen und zu honorieren.

Der Bild wurde umgehend verkauft, Peter kam nicht zurück.

Henry reiste für den Sommer aus New York an und nahm David nach Korsika mit. Henry war ein scharfzüngiger Mann mit einem bissigen Humor, aber nun legte er eine bewundernswerte Geduld an den Tag und ließ es zu, dass David ihn bis zum Überdruss langweilte. Denn der Freund hatte nur noch ein einziges Gesprächs- oder besser Monologthema: Wann würde Peter zu ihm zurückkommen? Das war die einzige Frage, die ihn beschäftigte. Nicht *ob*, sondern *wann*. Wann würde Peter begreifen, dass David die Liebe seines Lebens war? Wann hätte er endlich genug von den zweifellos notwendigen jugendlichen Experimenten? David erwog ein Doppelporträt zweier Londoner Freunde, eines Tänzers und eines Buchhändlers, die sich durch ihn oder besser durch Peter kennengelernt hatten. Ihr Altersunterschied entsprach dem zwischen Peter und ihm. Wenn er sie malte, könnte er vielleicht das Geheimnis einer stabilen Beziehung enträtseln. «Du solltest lieber deine Eltern malen», schlug Henry vor. «Bei dieser Gelegenheit könntest du deine Beziehung zu ihnen überdenken. Das wäre eine erstklassige Psychoanalyse.» Henry meinte es nur halb im Scherz.

David hielt es nicht mehr in London aus, wo jedes Mal, wenn er auf der Straße einen schlanken dunkelblonden Mann neben einem hochgewachsenen hellblonden von hinten sah, sein Herz einen Schlag aussetzte. Und wenn er Peter zufällig begegnete – was sich nicht vermeiden ließ, denn sie verkehrten in denselben Kreisen, besuchten dieselben Galerien, hatten dieselben Freunde –, musste er so tun, als ginge es ihm gut, und sich zwingen, den Geliebten nicht anzustarren, dessen Körper ihm verwehrt war. Es war unerträglich. Die Kunstszene widerte ihn an. Er erfuhr, dass der Mann, der in New York *Portrait of an Artist* gekauft und sich als Privatsammler ausgegeben hatte, das Bild für die dreifache Summe nach Deutschland weiterverkauft hatte – ausgerechnet das Bild, das er mit so viel Herzblut gemalt hatte, war zum Spekulationsobjekt geworden. Als Nächstes musste er das Doppelporträt des Tänzers und des Buchhändlers fertigstellen, es sollte das Herzstück seiner nächsten Ausstellung werden. Aber er konnte für das halb fertige Bild kein Interesse mehr aufbringen. Seine Wohnung an der Powis Terrace ödete ihn an. Er musste fort. Zum Glück hatte er die Mittel dazu. Dabei hätte er lieber mit Peter in der schäbigsten Hütte am Ende der Welt gewohnt, als allein sein bequemes Londoner Leben zu führen. Nach dem Weihnachtsfest, das er wie jedes Jahr mit seinen Eltern, seiner Schwester und dem einzigen Bruder, der noch in England lebte, in Bradford verbrachte, flog er nach Los Angeles und mietete ein Haus am Strand von Malibu. Celia kam nach und brachte ihre beiden kleinen Jungen mit, ein und drei Jahre alt.

Auch ihr Herz war gebrochen. Ossie betrog sie in einem fort und behandelte sie sehr schlecht. Sie musste ihren Söhnen zuliebe stark sein. Obwohl sie mit Peter eng befreundet war, warf sie ihm in diesem Fall Grausamkeit vor und ergriff Partei für David; dieser wiederum war zwar schon lange mit Ossie befreundet und hatte eine Affäre mit ihm gehabt, aber er stellte sich nun auf Celias Seite. Alles an ihr war süß: ihr Gesicht, ihr Lächeln, ihre Locken, ihre klaren Augen, ihre Stimme, ihre Babys. David zeichnete seine hübsche Freundin, so oft es ging. Jeden Morgen fuhr er die sechzig Kilometer zu seinem Atelier in Hollywood, und jeden Abend kehrte er in das Haus am Strand zurück, wo ihn Celia und die Jungen erwarteten. Sie hatte Essen gekocht, sie entkorkten eine Flasche Wein, und wenn die Jungen schliefen, tranken sie ein Glas nach dem anderen mit Blick aufs Meer. Gegen zwei Uhr früh, nachdem sie lange miteinander gesprochen hatten – über Ossie, über Peter, über dieses und jenes –, schliefen sie zusammen ein, in einem Bett, eng aneinandergeschmiegt. Wie Bruder und Schwester. Oder ein wenig zärtlicher. David hatte immer mehr das Gefühl, dass sein Körper auftaute. War es Freundschaft oder war es Liebe? Auf jeden Fall etwas Sanftes, das ihn vor der Einsamkeit und der Trauer beschützte. Bis dieser Schutz ihm brutal entrissen wurde, als Ossie, der von dem neuerdings so engen Verhältnis zwischen seiner Frau und seinem Freund Wind bekommen hatte, wie ein Berserker aus London heranbrauste und Frau und Kinder mitnahm.

Ohne Celia und ihre Kinder nahmen sogar die Brandungswellen in Davids Ohren einen bedrohlichen Klang an. Er brach wieder nach Europa auf. Als er am 8. April im Radio hörte, dass Picasso mit 91 Jahren im französischen Mougins gestorben war, stiegen ihm die Tränen in die Augen. Es war fast zwei Jahre her, seit Peter ihn verlassen hatte, zwei Jahre, an die er sich kaum erinnern konnte. Eine große Leere schien sie verschluckt zu haben. Dagegen sah er seine Ankunft in Cadaqués vor sich, als wäre es gestern gewesen, Peters kalten, lieblosen Blick, als er aus dem Auto ausgestiegen war, hörte sein «Geh weg». In diesem Moment wurde ihm bewusst, dass er Picasso nie leibhaftig begegnen und dass Peter nie zu ihm zurückkehren würde. Von nun an wäre die Welt auf immer ein Ort ohne Picasso und ohne Peter. In so einer Welt wollte er nicht sein.

Er nahm sich nicht das Leben. Er wurde eingeladen, sich an einer Hommage für Picasso zu beteiligen. Aldo Crommelynck, der Meisterdrucker des spanischen Malers, führte ihn in eine neue Technik ein, die er erst vor Kurzem entwickelt hatte und die es erlaubte, Farbradierungen so schnell und spontan

herzustellen wie Radierungen in Schwarzweiß. Indem er dem englischen Maler eine Technik anver-
traute, die er dem Spanier vor dessen Tod nicht mehr
hatte weitergeben können, machte er ihn in Bezug
auf die Radierkunst zum Erben Picassos. Zum ersten Mal seit zwei Jahren kreisten Davids Gedanken
nicht mehr unablässig um Peter. Die Freude über die
neue Technik und die langen, lehrreichen Tage der
Zusammenarbeit mit dem Drucker wandelten seine
negativen Energien um.

Wieder schloss sich ihm Henry über den Sommer
an und sie verbrachten einen Monat gemeinsam in
Italien, in einer Villa in der Nähe von Lucca, die David gemietet hatte. Sie wollten an einem Buch über
Davids Leben und Werk arbeiten. Die Idee stammte von Henry, und David zeichnete seinen Freund,
während sie sich unterhielten, exquisiten Wein tranken, Opern hörten und am Rand des Pools riesige Zi-
garren rauchten. Das Buch kam nicht gut voran, aber
David fühlte sich nicht mehr so allein und das Blut
pulste wieder durch seine Adern. Er hatte sogar wieder die Kraft, Henry einen Streich zu spielen. Einmal
saß der Freund, der durchaus seine kleinen Eitel-
keiten pflegte, ein paar Meter von David entfernt auf
seinem Stuhl, während David einen Skizzenblock
auf den Knien hielt. Henry liebte es, gezeichnet zu
werden, und setzte sich in Pose, weil er annahm, dass
er das Modell war. Eine gute halbe Stunde lang ließ
David den Blick immer wieder konzentriert auf ihm
ruhen und beugte sich anschließend über das Blatt,
während sein Freund sich kaum zu rühren wagte,

um die Sitzung nicht zu stören. Schließlich fragte er gespannt: «Kann ich es sehen?», und als David ihm ein Porträt von Micky Maus zeigte, an dem er dreißig Minuten gefeilt hatte, starrte ihn Henry mit einer so unwiderstehlichen Mischung aus Wut und Erstaunen an, dass David laut losprustete.

Vielleicht war ein Leben ohne den Menschen, den man liebte, doch möglich. Vielleicht würde er nie wieder eine solche Leidenschaft erleben, vielleicht gäbe es nie wieder eine so vollkommene Partnerschaft wie die mit Peter, aber ihm blieben immer noch die Vollkommenheit der Freundschaft, die Schönheit der Zypressen auf den Hügeln und die Freude an der Arbeit. Und wenn er Peter nun wirklich vergaß, wenn es ihm gelang, ohne ihn zu leben, würde er dann doch wiederkommen? Trauer und Melancholie wirkten auf niemanden anziehend. Alle suchten die Gegenwart von Menschen, die Fröhlichkeit, Kraft und Glück ausstrahlten. David schwamm jeden Tag eine Stunde im Pool, er wurde braun, trainierte seine Muskeln, achtete auf seinen Körper. Er wusste, dass Peter ihn brauchte, denn er hatte Geldprobleme, und David musste unwillkürlich an ihn denken, als er das schreckliche Ende von *Madame Bovary* las.

Am Tag nach seiner Rückkehr nach London ließ er Peter durch einen gemeinsamen Freund ausrichten, dass er glücklich wäre, ihn zu treffen und ihm auszuhelfen. Die Antwort lautete, Peter brauche ihn nicht und hege nicht den Wunsch, ihn zu sehen.

Allein in der großen, stillen Wohnung an der Powis Terrace wurde David von düsteren Gedanken überwältigt. Er musste sich eingestehen, dass er sich den Sommer über etwas vorgemacht hatte. Er hatte geglaubt, wieder zu Kräften zu kommen und endlich Abstand von Peter zu gewinnen, dabei hatte er in Wirklichkeit nur auf ihn gewartet. Es war ihm sogar gelungen, sich einzureden, dass Peter sich geändert hätte und seine Avancen jetzt freudig akzeptieren würde!

Fünf Jahre hatte ihre Liebe gehalten, seit zwei Jahren waren sie getrennt. David war mittlerweile sechsunddreißig und Peter fünfundzwanzig. Wie hatte es so weit kommen können, dass er, der stets Fröhliche, Energiegeladene, für das Glück Begabte sich von zwanghaften Gedanken zerstören ließ, die wie Unkraut in ihm wucherten? In Lucca, mit Henry, war es ihm gut gegangen. Warum raubte ihm London nun wieder jede Lebensfreude, sodass er am liebsten sterben wollte? Die Liebe war eine Sucht. Wie konnte er sich Peter endlich aus dem Herzen reißen, damit er wieder zu sich selbst fand? Ein weiteres Mal London verlassen? Zu Henry nach New York fliegen? Weggehen, ja, aber an einen Ort, an dem er nicht Gefahr lief, Peter zu begegnen, wo man sie nicht als Paar kannte. Weg von den Freunden, deren Geduld er in den vergangenen zwei Jahren überstrapaziert hatte, die Peters Namen aus seinem Mund nicht mehr hören konnten.

Er entschied sich für Paris, wo Tony Richardson ihm seine Wohnung im 6. Arrondissement zur Verfügung stellte.

Von dem Wohnhaus, das gleich neben dem Café

Procope in einem Sträßchen zwischen dem Boulevard Saint-Germain und der Seine lag, war alles zu
Fuß erreichbar: der Louvre, durch den er nachmittags
schlenderte, die Programmkinos und Filmkunstki-
nos, die Seine, die grüner war als die Themse, das
Café de Flore, wo er morgens Zeitung las, seinen
Kaffee trank und sein Baguette aß, La Coupole, wo
er abends Freunde traf. Das Atelier lag wie eine Oase
des Friedens in dem dynamischen Viertel, in dem sich
Studenten, Künstler und Intellektuelle tummelten.
Celia besuchte ihn oft und er zeichnete sie. Er fand
neue Freunde, darunter einen französischen Designer
und dessen Lebensgefährten und ein amerikanisches
Künstlerpaar, das seit zwanzig Jahren in einer kleinen
Wohnung mit Durchgangszimmer hauste und arbeitete. Die Vorstellung, dass der Mann die Wohnung
nicht verlassen konnte, ohne von seiner Frau gesehen
zu werden, amüsierte David, und er bekam Lust,
die beiden in ihrer Wohnung zu malen. Immer noch
kamen ihm zuweilen die Tränen, wenn er an Peter
dachte, aber er verstrickte sich nicht mehr so oft in
Grübeleien, sondern fand wieder Vergnügen daran,
durch die Straßen zu flanieren und das Schauspiel
des Alltagslebens zu betrachten. Er lernte Yves-Marie
kennen, einen Studenten der École des Beaux-Arts,
der sein Liebhaber wurde, und traf sich auch häufig
mit dem jungen Kalifornier Gregory, dem er in Los
Angeles bei Nick begegnet war und der ganz in seiner
Nähe in der Rue du Dragon wohnte.

Nach sechs Monaten in Paris, in denen er sich ein
wenig regeneriert hatte, fuhr er nach London, um

sich den Film des Regisseurs anzusehen, der ihm zwei Jahre zuvor die Scheinwerfer geliehen hatte. Der Film hieß *The Bigger Splash*, wie sein bislang bekanntestes Bild. Ein roter Faden war nur schwer erkennbar. Die Kamera beobachtete vor allem Menschen aus Davids Umfeld: seinen Assistenten Mo, der die Befürchtung äußerte, David werde sich womöglich in New York niederlassen; seinen Freund Patrick, im Atelier stehend, so wie David ihn gemalt hatte; Celia mit ihrem ersten Kind; Kas in seiner Galerie, einen Telefonanruf fingierend, in dem er David bat, schneller zu malen, weil die Käufer Schlange stünden; und natürlich Peter, der mit Celia Tee trank und plauderte, durch die Straßen von London spazierte oder in ein Schwimmbecken sprang. Filmaufnahmen von der Wohnung an der Powis Terrace, vom Badezimmer mit den leuchtend blauen Kacheln und selbst von New York, wohin der Regisseur David anlässlich einer Vernissage begleitet hatte. All diese Szenen schienen ihm von sehr begrenztem Interesse, und er hätte gerne auf die Bilder von Peter verzichtet, bei denen sich sein Herz schmerzhaft zusammenkrampfte.

Auf einmal sah er sich mit einem schrecklichen Anblick konfrontiert: Peter im Bett mit einem anderen Mann. So entsetzt David auch war – er konnte den Blick nicht von der Leinwand abwenden. Mehrere Minuten lang tauschten Peter und der Unbekannte Zärtlichkeiten aus, umarmten sich, zogen sich aus, und die Kamera folgte ihren Bewegungen und machte Nahaufnahmen von ihren Lippen, Wangen,

Nasen, von Peters Sommersprossen, gewölbtem Rücken, Hintern. Jede Sekunde bohrte sich wie ein Nadelstich in Davids Seele. Alles, was er so lange in seinem tiefsten Inneren vergraben hatte, brach hervor. Der Schlag war so heftig, dass der Schutzwall, den er seit drei Jahren mühsam Stein um Stein errichtet hatte, krachend in sich zusammenstürzte. Übrig blieb nur noch der Schmerz über den Verrat, ein so scharfer Schmerz, dass er das Gefühl hatte, nackt und schutzlos mit messerscharfen Steinen gelyncht zu werden. Nicht nur von dem Filmregisseur fühlte er sich betrogen, sondern auch von Celia, von Mo, von allen, die an dieser verlogenen Maskerade mitgewirkt hatten. Und von Peter natürlich. Hatten ihn Geldprobleme dazu veranlasst, bei so einer Szene mitzuspielen? Wenn er in Bedrängnis war, warum hatte er dann nicht ihn, David, um Hilfe gebeten? Aus Stolz? Hatte Peter überhaupt jemals etwas für ihn empfunden? Wer war dieser Junge, den er so leidenschaftlich geliebt hatte?

Am Ende der Vorführung wandte er sich an den Regisseur und brachte nur einen Satz heraus: «Danke, dass Sie ‹Mit David Hockney in der Hauptrolle› weggelassen haben. Ich bin kein Schauspieler.»

Er würde nie wieder jemandem Einblick in sein Leben gewähren, der dann womöglich Bilder seiner Privatsphäre stahl und ihm selbst Stücke aus dem Herzen riss.

Tief getroffen fuhr er nach Paris zurück. Zwei Wochen vergrub er sich im Bett und konnte keine Freunde empfangen.

Würde der Schmerz denn nie nachlassen? Waren drei Jahre nicht genug?

Doch vielleicht war der Tsunami, den der Film ausgelöst hatte, die heilsame Krise, vergleichbar einem Fieberschub, nach dem der Kranke erschöpft und kraftlos zwischen schweißnassen Laken liegt, der aber gleichzeitig das Ende der Krankheit ankündigt. Vielleicht hatte die schockierende Erkenntnis, dass Peter zu einer so vulgären und grausamen Tat imstande war, ihm bewusst gemacht, dass die ideale Liebe ein Hirngespinst war. Oder vielleicht währte der Schmerz, wie die Leidenschaft, tatsächlich nur drei Jahre. Was immer der Grund war – von einem Tag auf den anderen spürte er den schneidenden Schmerz nicht mehr, der ihn, wenn auch oft nur unterschwellig, drei Jahre lang gequält hatte. Seine Obsession war von ihm gewichen, er fühlte sich frei und geläutert. Er traf sich immer häufiger mit Gregory und erkannte, dass ihre gegenseitige Sympathie über Freundschaft hinausging. Eine neue Beziehung bahnte sich an, wenn auch vorsichtig, zaghaft, hinter hohen Schutzwällen.

Als ein Theaterregisseur ihm vorschlug, das Bühnenbild für Strawinskys Oper *A Rake's Progress* zu malen, die beim Glyndebourne Festival auf dem Programm stand, kam es David so vor, als eröffne sich ihm ein Fluchtweg. Er hatte noch nie eine Oper ausgestattet, aber er griff beherzt zu. Es ging ihm nicht nur um die Ablenkung; das neue Projekt verschaffte ihm auch Abstand zu dem Doppelporträt, das er nicht mehr zu Ende bringen wollte. Er würde einen neuen Lebensabschnitt beginnen: Anstatt im eigenen Leben Dramen zu erleben, würde er sich der Dramaturgie zuwenden. *The Rake's Progress*, die Geschichte eines Ruins, die ihm zehn Jahre zuvor so viel Erfolg gebracht hatte, würde ihn retten, denn er würde sich endlich um etwas anderes Gedanken machen können als um sich selbst.

Am Tag der Premiere, ein Jahr später, organisierte ein befreundeter Londoner Restaurantbesitzer ein Picknick auf dem Rasen von Glyndebourne, bei dem für Davids dreißig Gäste hundertzwanzig Flaschen Champagner entkorkt wurden. Die Speisen waren köstlich und so üppig bemessen, dass auch noch die Sänger und Musiker bewirtet werden konnten. Der verschwenderische Abend kostete ihn mehr, als er für den Entwurf der Kulissen und Kostüme verdient hatte, aber das tat ihm keine Sekunde leid. In dem ausufernden Gelage war kein Platz für einen einzigen traurigen Gedanken. David war aus dem tiefen Abgrund emporgestiegen und klammerte sich nun an den Rand des Lebens. Buchstäblich. Während er angeheitert auf dem Rasen saß und die Sonne langsam hinter den Hügeln von Sussex versank, empfand er nur noch Liebe und Dankbarkeit für eine Welt, die ihm ein so wunderschönes Schauspiel bot.

# III

# DAS INNERE KIND

Am Arm ihres Sohnes ging Davids Mutter mit langsamen Schritten durch die Räume der Hayward
Gallery und betrachtete die düsteren, minimalis-
tisch-abstrakten Gemälde an den Wänden. Ihr Blick
fiel auf ein dickes Seil, das sich über den Boden wand,
vermutlich weil es ein vertrauter Gegenstand war. Sie
blieb stehen und las den Namen des Künstlers, Barry
Flanagan.

«Hat er das Seil selbst gemacht?», fragte sie un-
schuldig. Keiner aus dem Grüppchen, das aus Davids
Eltern, seinem Freund Henry, seinem Assistenten
und seinem neuen Freund Gregory bestand, lachte über ihre Frage. David erklärte seiner Mutter in
möglichst verständlichen Worten, dass es sich um
Konzeptkunst handele. Laura nickte wie eine brave
Schülerin.

«Das, was du machst, ist mir lieber», seufzte sie er-
leichtert, als sie den Saal betraten, in dem die Werke
ihres Sohnes hingen.

Deren lebhafte Farben und figürliche Motive bildeten einen deutlichen Kontrast zu den gerade gese-
henen Ausstellungsstücken. Sein Vater pflanzte sich
vor einem Bild auf, das ihn zusammen mit seiner
Frau zeigte, und nickte zufrieden.

«Ich bin gut getroffen: immer beschäftigt. Du kannst dich bei mir bedanken, David. Wenn ich dich nicht an den Ohren gezogen hätte, gäbe es dieses Bild nicht!»

David verdrehte die Augen zum Himmel, während Henry gluckste: «Sie haben ganz recht, Ken, dass Sie Ihrem faulen Sohn die Hammelbeine langziehen!»

«Es ist schön», fuhr Laura fort, «aber mir hat auch die erste Version gefallen, bei der man dich im Spiegel sieht. Ich bedauere nur eins», sagte sie wehmütig, «dass ich nicht auch etwas in der Art mache. Dann wäre ich interessanter.»

«Aber Laura, Sie sind großartig! Die Königin-mutter», widersprach Henry und legte liebevoll den Arm um die Schultern der alten Dame, die klein und gebrechlich neben ihm stand.

Laura wandte sich an David. «Wo hast du nur dieses Kleid gefunden? So eines besitze ich gar nicht.»

«Aber das Blau steht dir gut, oder, Mama?»

*My parents*: Dass dieses Werk existierte, war ein kleines Wunder. Kein anderes hatte David so viel Kopfzerbrechen bereitet, nicht einmal *Portrait of an Artist*. Henry hatte mit seiner scherzhaften Bemerkung, die Eltern zu malen käme einer Psychoanalyse gleich, wieder einmal recht gehabt. Nach anderthalb Jahren verbissener Arbeit hatte David zunächst aufgegeben. Je länger er die Figur seines Vaters nachbesserte, desto mumienhafter wurde sie. «Das kommt von all dem Unausgesprochenen zwischen euch», befand Henry. Schon möglich, aber sie würden nicht ausgerechnet jetzt, da der alte Mann

stocktaub war, auf einmal offen miteinander sprechen. David rief seine Mutter an und beichtete ihr
sein Versagen. «Mein armer Liebling», tröstete sie
ihn mit ihrer gewohnten Sanftmut, denn sie spürte seine Enttäuschung. Eine Stunde später klingelte
Davids Telefon. Sein Vater, völlig außer sich: «Was,
du gibst auf? Nach all der Zeit, die wir in Bradford,
in London und Paris für dich sitzen mussten, selbst
wenn wir müde oder krank waren? Das wagst du
deiner Mutter anzutun, der Frau, die dich genährt
hat, die dich großgezogen hat, die immer für dich da
war? Weißt du nicht, was es ihr bedeutet, von dir mit
mir gemalt zu werden? Sie war so stolz!» Er tobte,
als wäre sein Sohn ein achtjähriger Lausebengel, der
eine Riesendummheit angestellt hatte. David konnte
kaum an sich halten. Wütend legte er auf und ging
etwas trinken. Mit neununddreißig war es höchste
Zeit, sich so zu akzeptieren, wie man war, und seine
ödipalen Probleme zu bewältigen. Doch als er am
nächsten Tag aufwachte, griff er zum Telefon und
rief seine Mutter an: «Mama, könnt ihr nach London
kommen? Ich fange wieder an.»

   In der neuen Version verzichtete er auf das arti-
fizielle Dreieck, das er zwischen die Personen gezeichnet hatte, ebenso wie auf sein eigenes Spiegelbild im Tischspiegel. Beides lenkte den Betrachter
vom eigentlichen Bildgegenstand ab, seinen Eltern.
Und diesmal ließ er seinen unruhigen Vater selbst
entscheiden, wie er sitzen wollte. Er malte ihn über
einen dicken Ausstellungskatalog gebeugt, der
aufgeschlagen auf seinen Knien lag, in die Lektüre

vertieft, Absätze in der Luft, fast schon auf dem Sprung. Auf einmal erwachte Ken zum Leben. Davids Mutter saß, wie in der ersten Version, dem Betrachter zugewandt auf einem Stuhl, die arthritischen Hände auf den Knien, aber ihr Gesichtsausdruck war milder, sie kreuzte die Beine nicht mehr und trug ein Kleid von diesem gewissen Blau, das David so liebte, dem Blau, auf das man am liebsten zugerannt wäre. Das farbintensive Gemälde strahlte eine leise Melancholie aus, die seine Eltern glücklicherweise nicht wahrzunehmen schienen. Die beiden alten Menschen waren aneinandergekettet und zugleich voneinander getrennt, jeder in seiner Blase der Einsamkeit. Als das Bild fertig war, wurde David klar, dass sie ein Beziehungsmodell darstellten, das er für sein Leben so nicht anstrebte: als Paar altern, und dennoch allein sein.

Es sollte das letzte Doppelporträt sein, das er im realistischen Stil malte. Die beiden anderen Bilder im Saal, die seine Eltern mittlerweile betrachteten und deren Entstehung ihnen von Henry und Gregory erläutert wurde, waren von ganz anderer Art. *Self-Portrait with Blue Guitar* zeigte David beim Zeichnen einer blauen Gitarre. Dieses Bild war in ein zweites integriert, *Model with Unfinished Self Portrait*, das direkt daneben hing und im Vordergrund einen schlafenden Mann im blauen Bademantel auf einem Bett zeigte (Gregory). Auch mit diesen Bildern hatte es eine besondere Bewandtnis. Als David im Sommer davor die Arbeit am Porträt seiner Eltern wieder aufgenommen hatte, war er mit Henry auf eine zwei

Stunden von New York entfernte Insel namens Fire Island gefahren, auf der sich die Gay Community traf. Als sie sich eines Nachmittags in ihren smarten Dreiteilern aus weißem Leinen auf ihren Liegestühlen ausstreckten – ein auffälliger Kontrast zur Nacktheit der hübschen jungen Männer im Pool –, rezitierte Henry ein Gedicht von Wallace Stevens, das von einem Picasso-Gemälde inspiriert war. Das Gedicht war sehr lang, es bestand aus dreiunddreißig Strophen, und Henrys dunkle Stimme wirkte einlullend und versetzte David in ferne Gefilde. Die erste Strophe beeindruckte ihn besonders: «You have a blue guitar / You do not play things as they are.» The man replied, «Things as they are / Are changed upon the blue guitar.» Persönlich angesprochen fühlte er sich auch von den Worten «I cannot bring a world quite round / Although I patch it as I can.» Oder von: «The color like a thought that grows / Out of a mood …» Das Ende gefiel ihm besonders: «We shall forget by day, except / The moments when we choose to play / The imagined pine, the imagined jay.»*

---

* «Du hast eine blaue Gitarre / Du spielst die Dinge nicht, wie sie sind.» Der Mann erwiderte: «Die Dinge, wie sie sind / Werden auf der blauen Gitarre verwandelt.» – «Ich kann keine ganz runde Welt zustande bringen / Auch wenn ich sie zusammenstückle, so gut ich kann.» – «Die Farbe, die wie ein Gedanke erwächst / Aus einer Stimmung …» – «Wir werden tagsüber vergessen, nur nicht / Die Momente, in denen wir in unserer Phantasie / Die Fichte und den Häher spielen.»

Während er Henry lauschte, bekam David zunehmend den Eindruck, dass man ihm gerade den Schlüssel zu seiner Innenwelt reichte. Er verstand genau, was Wallace sagen wollte, über Picasso und über Maler generell. Die blaue Gitarre symbolisierte das Talent des Künstlers, der «die Dinge» nicht spielen konnte, «wie sie sind», denn sie existierten nicht als solche, sondern immer nur in der Darstellung. Die blaue Gitarre war genau das, was seine Eltern nicht besaßen, und ihr Fehlen verdüsterte ihr Leben. David hatte bei seiner Geburt eine blaue Gitarre erhalten, die Fähigkeit nämlich, Vorstellungen von der Welt zu entwickeln und sie «zusammenzustückeln». Er musste seinen Eltern, der Natur, dem Leben, Gott, dankbar sein. Seine Gabe wog alles andere auf.

*Model with Unfinished Self Portrait* war in hohem Maße symbolisch aufgeladen. David befand sich mit im Bild, aber nicht auf derselben Ebene wie die schlafende Person, sondern im Hintergrund, wo er etwas auf eine Leinwand zeichnete. Als Künstler hielt er Abstand, blieb getrennt von Gregory oder seinen Eltern, in einem anderen Teil des Bildraums. Er hatte verstanden, dass sein Leben nicht in denselben Bahnen verlaufen würde wie das der meisten Menschen. Er würde keine stabile Liebesbeziehung haben, weil er mit seiner Kunst verheiratet war. Im Gegensatz zu Peter ließ Gregory es zu, dass David vollständig von seiner Arbeit absorbiert war; David seinerseits akzeptierte Gregorys Affären. Sie führten eine offene Beziehung, was alles vereinfachte, denn so blieben ihnen Frustration, Eifersucht und unschöne Szenen erspart. Durch dieses Arrangement fand David so viel Gelassenheit, dass er sogar Peter wiedersehen konnte, den er für kleinere Aufträge bezahlte. Beispielsweise posierte sein Ex-Liebhaber für ihn, als Gregory einmal verreisen musste, und die Füße des Schläfers im Bild waren Peters Füße. David konnte sie mittlerweile ohne Gefühlsbewegung ansehen, die Zeit hatte ihr Werk getan. Sicher, es hätte ihm nicht missfallen, Peter auch körperlich wieder näherzukommen, doch das wollte Peter nicht, und David hatte sich damit abgefunden. Mit vierzig wusste und akzeptierte er, wer er war und wer nicht und was das Leben ihm gab und was nicht.

Vorläufig war das Leben mehr als großzügig. David schöpfte seine fast grenzenlose Freiheit in vollen Zügen aus. Er kehrte Paris den Rücken, wo er inzwischen zu bekannt geworden war, und ließ sich wieder in London nieder. Er verkaufte die Wohnung, in der er mit Peter gelebt hatte; während seiner Abwesenheit hatten sich erst Ossie und dann Mo und seine Drogenclique dort einquartiert und sie in einem jämmerlichen Zustand hinterlassen. Er kaufte eine andere Wohnung im obersten Stockwerk des Gebäudes. Im Jahr zuvor hatte er einen Monat im Château Marmont Hotel in Los Angeles residiert und die Freuden der kalifornischen Lebensart wiederentdeckt. Den ganzen Herbst wollte er in New York verbringen.

In den Ferien fuhr er nach Fire Island, nach Frankreich oder Italien, oder noch weiter, nach Tahiti – auf dem Weg nach Australien, wo zwei seiner Brüder lebten –, und nach Neuseeland. Mit Kasmin flog er nach Indien, doch er fühlte sich dort nicht wohl, weil ihn das Kastensystem und die krasse Ungleichheit zwischen Arm und Reich schockierten. Eine zweite Ägyptenreise war in Planung. Fast jedes Jahr fanden Einzel- oder Gruppenausstellungen statt, in London, New York, Los Angeles, Paris, Berlin und anderswo. Er nahm das Flugzeug wie andere Leute ein Taxi.

Doch vor allem hatte er Freunde, einen Kreis von Menschen, über zwei Kontinente verstreut. Echte Freunde, die er seit Jahren oder gar Jahrzehnten kannte, Freunde, die ihm sehr nahe standen, die ihn täglich besuchten oder mit ihm verreisten. Insbesondere in London nutzte er seine Berühmtheit, um für die Sache der Schwulen einzutreten. Er legte sich mit dem britischen Zoll an, der bei seiner Rückkehr aus den USA mehrere Exemplare der Zeitschrift *Physique Pictorial* und ähnliche Magazine beschlagnahmt hatte, da sie angeblich Pornografie enthielten. (Später konnte er voller Stolz berichten, dass er sich nicht hatte unterkriegen lassen: Durch tägliche Anrufe bei immer ranghöheren Beamten, durch Diskussionen, die in ihrer Absurdität an Jarrys *König Ubu* erinnerten, und durch Androhung juristischer Schritte hatte er seine Zeitschriften am Ende wiederbekommen und gegen die Zollbehörde Ihrer Majestät einen Sieg errungen!) Ein andermal erlaubte er einem Schwulenmagazin, Nacktfotos von sich abzudrucken, und er machte sich öffentlich für eine schwule Buchhandlung stark, in der die Polizei eine Razzia durchgeführt hatte.

Und er hatte jede Menge Spaß. Mehr Spaß konnte man kaum haben. Die Ferientage auf Fire Island waren sensationell. Die ausgelassenen «Tea Dance Partys» begannen um 17 Uhr und dauerten die ganze Nacht an. Im Angebot waren Sex, Poppers, Kokain, Quaaludes … Zügellose Freiheit bis zum Delirium, arme Schlucker Schulter an Schulter mit Millionären, beim Tanz waren alle gleich, man feierte bis zum Umfallen. Doch völlige Gleichheit herrschte auch hier nicht, denn es gab sehr wohl eine Art Aristokratie: die der Attraktivität. Bei einem Voyeur wie David löste der ungehinderte Blick auf männliche Schönheit große Glücksgefühle aus. In New York begleitete er seinen Freund Joe McDonald, der alle Welt kannte, ins Studio 54, in die Ramrod Bar oder in die Sauna, und sein größtes Vergnügen bestand darin, den hinreißend schönen Joe, ein männliches Supermodel, bei seinen erotischen Abenteuern zu beobachten. Es war, als würden Theater und Realität miteinander verschmelzen. Das Leben hatte ihm wahrhaftig eine Königsloge reserviert. Er hätte seinen Platz gegen keinen anderen eingetauscht.

Im Juli '77, dem Monat, in dem er 40 Jahre alt wurde, ging es ihm so gut, dass er es wagte, in jeder Hinsicht er selbst zu sein. Nachdem er als Homosexueller Stellung bezogen hatte, erhob er Anspruch auf Anerkennung als ernst zu nehmender Vertreter der figurativen Kunst. Im Jahr zuvor hatte eine polemisch geführte Auseinandersetzung die Londoner Kunstwelt und die Öffentlichkeit gespalten. Die Tate hatte ein Werk des Künstlers Carl Andre erworben;

es hieß *Equivalent VIII* und bestand aus hundertzwanzig Backsteinen, die ein langes Rechteck bildeten. In Zeitungsartikeln war dem Museum vorge-
worfen worden, Steuergelder in Höhe von mehreren
tausend Pfund Sterling für einen Haufen Backsteine
verschleudert zu haben. Zu seiner Verteidigung hatte
der Museumsleiter den Kubismus angeführt, der zu
seiner Entstehungszeit ebenfalls nicht verstanden,
sondern gebrandmarkt worden war. Anlässlich der
Jahresausstellung in der Hayward Gallery widmete
der schottische Journalist Fyfe Robertson eine Sendung seiner populären BBC-Fernsehreihe *Robbie*
der zeitgenössischen Kunst in Großbritannien und
lud David dazu ein. Fyfe Robertson verabscheute
die minimalistische und abstrakte Kunst, von der
sich seines Erachtens die Öffentlichkeit blenden ließ.
Er hatte für sie sogar ein eigenes Wort erfunden, das
Kofferwort *phart* (*phony art*), das auch noch genauso klang wie *fart* (Furz). Als Robertson im Museum
den Raum betreten hatte, in dem Davids Werke ausgestellt waren, hatte er nach eigenem Bekunden er-
leichtert aufgeatmet – er war in eine Oase des Lichts,
des Lebens und der Menschlichkeit gelangt.

In der Sendung dachte David nicht daran, seine
Solidarität mit den angegriffenen Kollegen zu demonstrieren, sondern bestätigte, dass die Hayward
Gallery einige sehr ärgerliche Werke ausstellte. Mu-
tig erklärte er vor den Fernsehkameras, für ihn müsse ein Gemälde einen erkennbaren Gegenstand haben, etwas darstellen. Er berichtete von der Reaktion
seiner Mutter auf Flanagans Seil und setzte hinzu, in

seinen Augen sei dies eine ernst zu nehmende Frage. Die eigenhändige Herstellung, das Kunsthandwerk, das von dem inzestuösen, von Ideen und Theorien besessenen Zirkel der Londoner Kunstkritiker so verachtet wurde, war für ihn ein integraler Bestandteil des Werks, der es verdiente, bei der kritischen Würdigung berücksichtigt zu werden. Seiner Meinung nach dürfe es keine so starke Trennung zwischen der Elite und dem Volk geben. Warum sollten nur abstrakte Kunstwerke, die von einigen wenigen verstanden wurden, als «wahre» Kunst gelten? Musste Kunst sich nicht an alle Menschen richten? In einem Interview mit Peter Fuller für *Art Monthly* wiederholte er seine Thesen und fügte noch hinzu, die Sammlung der Tate sei schlechthin unbedeutend.

Er scheute sich nicht, seine Ansichten offen zu äußern und eine Bombe mitten unter die Kritiker zu werfen. Die Kunst gehörte den Künstlern, nicht den Theoretikern. Schließlich war er schon immer gegen den Strom geschwommen. Außerdem hatte er nichts gegen einen Skandal einzuwenden, der die öffentliche Aufmerksamkeit auf seine Arbeiten lenkte. Doch im folgenden Herbst zog es ihn aus London fort und er flüchtete nach New York, wo er mehr Ruhe zum Malen hatte. Im Oktober wurde eine Einzelausstellung bei seinem New Yorker Galeristen André Emmerich eröffnet, in der dieselben Werke wie in London gezeigt wurden. Er ergänzte sie um ein in der Zwischenzeit gemaltes Bild, das Henry beim Betrachten von Reproduktionen vor einem Wandschirm zeigte. Am Eröffnungsabend drängten sich die Menschen in der Galerie in der 57<sup>th</sup> Street. Emmerich war hoch-zufrieden, denn sogar Hilton Kramer hatte zu kommen geruht. Umgeben von einem hingebungsvoll lauschenden Hofstaat, plauderte der große amerikanische Kunstkritiker liebenswürdig mit dem Künstler. Im respektvollen Flüsterton verbreitete sich die Kunde von seinem Kommen. Er war eine Koryphäe auf seinem Gebiet, und seine Anwesenheit galt als höchste Weihe. Keine Frage, der gerade vierzigjährige David konnte nicht länger ignoriert werden.

Einige Tage später rief Emmerich ihn frühmorgens an.

«Kramers Artikel ist gerade erschienen. Es tut mir leid, David, er hat sich über uns lustig gemacht.»

David zog die Augenbrauen hoch. Das hatte er nicht erwartet. Bei der Vernissage hatte es so ausgesehen, als würde der Kritiker seine Arbeit schätzen.

«So schlimm ist es?»

«Ziemlich hart. Perfide. Ich weiß nicht, was ihn gestochen hat. Er muss etwas gegen Engländer haben, oder gegen deinen Erfolg. Zum Glück hängt dein Renommee nicht von ihm allein ab. Die anderen Rezensionen sind hervorragend, und die Bilder sind schon alle verkauft.»

«André, ich male jetzt seit fünfundzwanzig Jahren, ich brauche keinen Kramer, der mir sagt, was ich tauge. Außerdem gehört er meiner Meinung nach zum alten Eisen. Sein Verriss schmeichelt mir.»

Kaum hatte er aufgelegt, stürzte David aus dem Haus, um sich im Deli an der Straßenecke die *New York Times* zu kaufen. Er las die Besprechung noch im Gehen, auf dem Rückweg in seine Mietwohnung. Kramer begann mit Scheinkomplimenten: Die in der Galerie ausgestellten Werke bereiteten Vergnügen, schrieb er, sie seien lebendig und gefielen dem Publikum. «Warum also», fuhr er fort, «finde ich sie oberflächlich und sogar reaktionär?» Laut Kramer handelte es sich um Salonkunst des 19. Jahrhunderts, aufpoliert mit Material aus dem Fundus der modernen Kunst. Es sei die triumphale Rückkehr dessen, was man «bürgerliche Kunst» nennen könnte, allerdings aus Bestandteilen zusammengestückelt, die damals den bürgerlichen Kunstgeschmack verletzt hatten. Mit seinen letzten Sätzen deutete er an, dass er David für ein künstlerisches Leichtgewicht halte, das dem Erfindungsreichtum eines Wallace Stevens nicht das Wasser reichen könne.

David lachte. Kramer wollte ihn massakrieren. Der mit rhetorischen Fragen gespickte Artikel war niederträchtig. Ein Meuchelmord. Wieder einmal wurde der alte Konflikt – Seriosität versus Vergnügen – aufgewärmt und in gut gedrechselte Sätze gekleidet. David schnitt den Artikel aus und pinnte ihn an die Wand seines Ateliers, als kleine Erinnerung an die Dummheit der Kritiker und den Abgrund, der sie von den Künstlern trennte. Natürlich neideten die Kritiker den Künstlern ihr Vergnügen; vorzeitig verbittert, ohne ein anderes Talent als das, andere schlechtzumachen, hassten sie den Erfolg, ausgenommen den mit pompösen Worten selbst herbeigeführten!

Kurz darauf rief Henry an. Er hatte gerade die

Zeitung gelesen, war untröstlich und wollte sich vergewissern, dass sein Freund nicht allzu niedergeschlagen war. Seine aufrichtige Sorge ärgerte David, denn sie offenbarte die Macht des Kritikers. Er begriff, dass er sich auf neugierige Blicke, falsches Mitgefühl und heimliche Triumphe gefasst machen musste und bei manchen abgestempelt war. Missgunst lauerte überall und Erfolg zog Neider an. Er beruhigte den besorgten Henry. Kramer konnte ihm nichts anhaben.

«Er nennt Werke oberflächlich, über die ich – das weißt du besser als jeder andere – jahrelang nachgegrübelt habe! Das ist Blödsinn. Aber es wundert mich nicht, es ist ein kleiner Kosmos, und schließlich habe ich die Kampfhandlungen eröffnet. Kramer hat den Artikel in *Art Monthly* sicher gelesen. Er verteidigt seine Clique.»

Für David gab es wichtigere Dinge zu regeln. Wo würde er in Zukunft leben? In welcher Stadt sollte er sich mit Gregory niederlassen und weiterarbeiten?

Diese und ähnliche Fragen stellte er sich im Frühjahr nach der Rückkehr aus Ägypten, wohin er seinen Freund Joe McDonald eingeladen hatte. Sogar Peter war mitgekommen, ohne dass Gregory Eifersucht an den Tag gelegt hatte. In London ließ es sich angenehm leben, aber es war zu viel los. Zu viele Freunde, die ihn besuchten, zu viele Journalisten, die ihn interviewen wollten, zu viele Menschen, die ihn um einen Gefallen baten (mal eben einen Buchumschlag zeichnen oder eine Einladungskarte für eine Party oder ein Poster für eine Wohltätigkeitsgala ...) Er fühlte sich den vielen Anforderungen nicht gewachsen, konnte aber auch nur schwer Nein sagen. Die Veröffentlichung seines autobiografischen Buches *My Early Years* im Jahr 1976, die Ausstellung in der Hayward Gallery im Sommer '77, *Die Zauberflöte* beim Glyndebourne Festival, für die er '78 die Ausstattung gestaltete, hatten ihn zu einem prominenten Künstler gemacht. Darüber konnte er sich nicht beklagen, aber er dachte doch wehmütig an seine Jahre in Kalifornien zurück, als Peter und er in Santa Monica gelebt hatten und kaum eine Menschenseele kannten. Damals hatte er siebzehn Bilder in einem Jahr gemalt! Wie sollte er mit einundvierzig eine solche Abgeschiedenheit wiederfinden? In London war das unmöglich, und zudem mochte er seine neue Wohnung in der obersten Etage nicht, in der zwar das Licht ausgezeichnet war, er sich jedoch isoliert fühlte, weil er nicht mehr sah, was sich unten auf der Straße abspielte.

Als Lösung bot sich Los Angeles an. «Du bist doch nur nostalgisch, weil du an deine Jahre mit Peter denkst», behauptete Henry am Telefon. Doch diesmal konnte David ihm nicht recht geben. Als Kind hatte er nicht genug Papier zum Zeichnen gehabt und jetzt, da er einen gewissen Bekanntheitsgrad erlangt hatte, fehlte ihm die Leere als Voraussetzung für die Entstehung von Bildern. Nachdem er die Ausstattung für zwei weitere Opern fertiggestellt und seine Vergangenheit aufgearbeitet hatte, benötigte er nichts weiter als einen Ort, an dem er allein sein und malen konnte. In Los Angeles war er noch nahezu

unbekannt, und die Stadt war so riesig und weit-
läufig, dass er nicht allzu vielen Menschen über den
Weg laufen würde. Sein Instinkt riet ihm, sich auf
den Weg zu machen.

Er musste jedoch noch einige Tage in New York
einplanen, um seinen Ersatzführerschein abzuho-
len und bei dieser Gelegenheit natürlich Henry und
Joe McDonald zu besuchen. Sein amerikanischer
Drucker, der von Kalifornien in die Nähe von New
York gezogen war, bestand darauf, David die neue
Drucktechnik vorzuführen, die er kürzlich entwickelt hatte. Das Verfahren bestand darin, dass man
gepresste Papiermasse eigenhändig einfärbte. Es war
eine sehr matschige Angelegenheit, denn man stellte
das Papier selbst her und plantschte dabei im Wasser herum. Mit hohen Stiefeln und langen Gummi-
schürzen ausgerüstet, schnitten die beiden Männer
Formen in Metall, die an überdimensionale Keks-
förmchen erinnerten. David werkelte unermüdlich
den ganzen Tag, kam am nächsten Tag wieder, am
übernächsten auch und beschloss schließlich, seine
Abreise zu verschieben. Er war von der neuen Technik so begeistert, dass er täglich sechzehn Stunden
auf den Beinen war und nur gelegentlich pausierte,
um etwas Essbares hinunterzuschlingen oder kurz
in den Pool zu springen, denn die Augusthitze war
mörderisch. Die Farbtöne, die so entstanden, waren außerordentlich kraftvoll und intensiv. Zunächst
schuf er eine Sonnenblumen-Serie als Hommage an
van Gogh, den Meister der intensiven Farben. Dann
überlegte er, wie er das Sujet abwandeln könnte,

und kam auf Swimmingpools. Dadurch hätte er die Gelegenheit, wieder einmal mit der Farbe Blau zu arbeiten. Abends nahm er den Zug nach New York, aß mit Henry oder ging mit Joe aus, und um Mitternacht verabschiedete er sich, wie Aschenputtel, denn er musste früh aufstehen und wieder nach Bedford fahren. Wenn er gekonnt hätte, wäre er rund um die Uhr wach geblieben. In anderthalb Monaten schuf er an die dreißig Werke, die er «Paper Pools» nannte. Eines Morgens war es vorbei. Das Vergnügen hatte sich erschöpft. David flog nach L.A. weiter.

Dort herrschte eine trockenere Hitze als in New York. Die Wiedersehensfreude war groß. David genoss den Anblick der breiten Avenues, gesäumt von niedrigen weißen Häusern mit makellosen Rasenflächen, das Blau des Himmels und des Ozeans, die mit Jasmin und Cannabis geschwängerte Luft, die üppige Vegetation. Sein Assistent hatte für ihn eine kleine Wohnung am Miller Drive und ein Atelier in West Hollywood am Santa Monica Boulevard gefunden. Gregory, der mit einer neuen Bekanntschaft aus Paris nach Madrid gefahren war, fehlte ihm, aber das Alleinsein hatte auch sein Gutes, denn so konnte er in Ruhe nachdenken und arbeiten. Ihm war endlich eine Idee für ein großformatiges Gemälde gekommen. Er würde das bunte Schauspiel auf den Straßen von Los Angeles darstellen, wie man es aus einem Auto erlebte, das im Schritttempo fuhr. Ein Bild, lang wie der Santa Monica Boulevard vor seinem Atelier, das dem Betrachter den Eindruck vermittelte, neben ihm im Cabrio zu sitzen. Übersprudelnd von kreativer Energie, noch beflügelt von seinem New Yorker Intervall, machte er sich an die Arbeit. Gregory kam aus Madrid zurück, braungebrannt, strahlend und voller dankbarer Zärtlichkeit für David, der ihm seine kleine Liebesgeschichte gelassen hatte. Ihr Wiedersehen stand unter einem guten Stern und Gregory war von dem Entwurf für das neue Bild begeistert.

Irgendwann im Herbst bemerkte David, der zwei Mal pro Woche in San Francisco am Art Institute Kurse gab, dass er die Stimmen der Studentinnen, die leiser waren als die der männlichen Studenten, nicht mehr gut hörte. Er suchte einen Spezialisten auf, der seine Befürchtungen bestätigte: Sein Gehör ließ nach, er hatte einen Hörverlust von fünfundzwanzig Prozent erlitten. Irreversibel.

«Du hörst die Mädchen nicht mehr? Wo liegt das Problem?», witzelte Henry. Aber David war nicht nach Lachen zumute, denn das Leiden würde sich verschlimmern. Am Ende würde er stocktaub sein, wie sein Vater. Eine deprimierende Vorstellung. Der Arzt fragte ihn, wo er das Hörgerät tragen wolle, lieber im linken oder im rechten Ohr.

«Und wenn ich zwei trage, höre ich dann besser?»

«Ja, aber normalerweise nehmen die Leute nur eins. Das ist unauffälliger.»

Für David zählte nur eines: Er wollte auch weiterhin die Musik hören, die von früh bis spät durch sein Atelier und sein Auto schallte. Er bestellte zwei Geräte, die Gregory als sehr sexy deklarierte, nachdem David sie bemalt hatte, das eine pinkfarben, das andere meerblau. Warum seine Hörschwäche verstecken? Seine Homosexualität versteckte er ja auch nicht. Die positive Lebenseinstellung hatte ihn schon immer gekennzeichnet, und dabei würde es bleiben.

Derzeit bescherte sie ihm Erfolge. Im Februar '79 veranstaltete die Londoner Warehouse Gallery in Covent Garden eine Ausstellung seiner «Paper Pools». Die Kritiker, die ihn im Vorjahr zerrissen hatten, verglichen seine neuen Arbeiten mit Monets Seerosen. Mit nichts Geringerem! Er musste aufpassen, dass er ihre Elogen nicht höher bewertete als ihre Attacken. Was zählte, war allein die Schaffensfreude, die er bei der Serie empfunden hatte. Denn eines wusste er genau: Bei der Arbeit wie im Leben war die Freude der einzig gültige Kompass. Dieselben Kritiker, die einen Zusammenhang zwischen Genuss und Oberflächlichkeit hergestellt hatten, vergötterten ihn auf einmal. Ihre paradoxe Kehrtwendung – oder mangelnde Konsequenz – verschaffte ihm eine gewisse Genugtuung, aber er malte nicht für sie. Ihm kam es in erster Linie darauf an, sich selbst zu überraschen.

Damit seine Eltern und sein Bruder Paul an seinem Erfolg teilhaben konnten, lud er sie nach London ein und quartierte sie im Savoy ein. Zwei Tage lang widmete er sich ihnen ganz, ging mit ihnen in die besten Restaurants und besorgte sogar für einen Abend Karten für eine Pantomime, als Reminiszenz an die guten alten Zeiten in Bradford. Er war nun in einem Alter, in dem sich das Verhältnis zwischen Sohn und Eltern allmählich umkehrte. Sein Vater hatte ausnahmsweise einmal nichts zu beanstanden, und seine Mutter, für die er bei Harrods ein Kleid kaufte, strahlte vergnügt wie eine Zwanzigjährige. David war glücklich, seiner geliebten Mutter eine Freude machen zu können, denn sie hatte an der Seite ihres Ehemannes kein leichtes Leben. Ken Hockney war bockiger als ein Kleinkind, er nahm seine Diabetes-Medikamente nicht regelmäßig ein und musste fast jeden Monat ein Mal notfallmäßig in die Klinik, wo man ihn mit Infusionen behandelte; dass seine Frau sich große Sorgen um ihn machte, kümmerte ihn nicht. Auch nach dem Besuch in London war es wieder einmal soweit: Ken machte seine üblichen Mätzchen und musste ins Krankenhaus.

Am Tag nach Davids Rückflug in die USA klingelte um sechs Uhr früh in Los Angeles das Telefon. Als David abhob und die Stimme seines Bruders hörte, ahnte er sofort, dass es schlechte Nachrichten gab. Sein Vater war in der Nacht nach einem schweren Herzanfall gestorben. David brach in Tränen aus. Als seine Mutter davon gesprochen hatte, dass Ken ins Krankenhaus gekommen war, hatte er sich keine Sorgen gemacht; sie würden den alten Mann an den Tropf hängen und aufpäppeln, und er würde, wie üblich, bald wieder entlassen werden können. Er war keine Sekunde lang auf den Gedanken gekommen, dass sein Vater, der wenige Tage zuvor in London noch frisch und munter herumgelaufen war und eine vom Alter keineswegs getrübte Neugier an den Tag gelegt hatte, womöglich bald sterben könnte. Das Gespräch, das er mit seinem Vater bisher nicht geführt hatte, würde nun nie mehr stattfinden. Das Wort «niemals» nahm eine neue Bedeutung an, es betraf nicht die Vergangenheit, sondern reichte in die Zukunft hinein, bis in die Ewigkeit. David würde seinen Vater nie wiedersehen. Ken war von der Erdoberfläche verschwunden, war so unerreichbar geworden, als hätte er nie existiert.

David reservierte einen Platz in der nächsten Concorde und flog nach Europa. «Du kommst in ein sehr trauriges Haus», begrüßte ihn seine Mutter, als er sie in Bradford in die Arme schloss, so klein und zart und allein, dass er sich ihr näher fühlte denn je. Bei der Trauerfeier brachte er kein Wort heraus. Laura konnte es sich nicht verzeihen, dass sie ihren Mann am Tag nach der Einlieferung nicht in der Klinik besucht hatte. Ein Schneesturm hatte Bradford in ein weißes Tuch gehüllt und die Temperaturen waren weit unter null gesunken. Ken hatte ihr am Telefon gesagt, sie solle im Warmen bleiben, es habe keinen Sinn, in dieser Kälte aus dem Haus zu gehen und womöglich krank zu werden, wo er doch in spätestens zwei Tagen wieder zu Hause wäre. Er hatte die Großmut besessen, an sie und ihre Gesundheit zu denken, sie dagegen hatte ihn allein sterben lassen, fern der Seinen in einem Krankenhausbett. Sie hatte den Verlockungen der Bequemlichkeit nachgegeben, und der Himmel hatte ihr den Gefährten genommen. Solche Gedanken äußerte sie nicht laut, aber David las sie aus ihrem unglücklichen Blick. Seine Kraft reichte nur dazu, die Mutter zu zeichnen, als könne er mit der Bleistiftspitze die Traurigkeit aus ihrem Herzen ziehen. Das Porträt, das er von seinen Eltern gemalt hatte, fiel ihm wieder ein, dieses Bild von Einsamkeit und Schweigen. Er hatte sich gründlich getäuscht. Ken war vielleicht nicht besonders mitteilsam gewesen und zweifellos ein egoistischer und mürrischer Mann, aber er war immer für seine Frau dagewesen und hatte sie seit fünfzig Jahren nie allein gelassen. Er dagegen, ihr Sohn David, der geglaubt hatte, seine Mutter mehr zu lieben und besser zu verstehen als jeder andere, würde in einer Woche schon wieder abreisen.

Er schrieb ihr aus Los Angeles. «Du hast dir deinen Lebensgefährten ganz wunderbar gewählt. Sein Handeln, wie deines, war immer von Güte bestimmt. Es war, wie ich meine, eine großartige Verbindung. Sei nicht traurig.» Die Worte, die er wählte, um den Kummer seiner Mutter zu lindern, wirkten auch wie ein Heilmittel gegen seinen eigenen Schmerz. Er meinte sie ernst. David glaubte wirklich, dass zur Verzweiflung kein Grund bestand. Ken war mit fünfundsiebzig gestorben, nach einem langen, erfüllten Leben. Er war ein guter Vater und Ehemann gewesen, er hatte alles bekämpft, was er ablehnte – den Tabak, den Krieg, die Atomkraft –, er war ein Mann mit Überzeugungen, der seinen Eigensinn an seine Kinder weitergegeben hatte. Durch sie und in ihrer Erinnerung lebte er weiter. Er war tot, aber sein Kampfgeist war lebendig, und es war dieser Kampfgeist, der David nach der Beerdigung bei seinem Kurzaufenthalt in London dazu bewog, die Einkaufspolitik der Tate in Frage zu stellen. Er hatte erfahren, dass das Museum, das nur zwei vor langer Zeit erworbene Gemälde von ihm besaß, es nicht für nötig gehalten hatte, eines seiner Swimmingpool-Bilder zu einem sehr guten Preis anzukaufen. Er gab dem *Observer* ein Interview, in dem sich die Bitterkeit entlud, die sich durch den Tod seines Vaters in ihm angestaut hatte. In einem Beitrag mit dem Titel «No Joy at the Tate» beschuldigte er den Direktor des Museums, der doch immerhin die Aufgabe hatte, alle Tendenzen der zeitgenössischen britischen Kunst auszustellen, eine seelenlose, theorielastige Strömung zu begünstigen.

Zwischen der Londoner Ausstellung und dem Tod des Vaters waren mehrere Wochen vergangen und David hatte schon lange nicht mehr an das Werk gedacht, an dem er zuletzt gearbeitet hatte. Voller Tatendrang betrat er sein Atelier in Los Angeles, an dessen Rückwand das große Gemälde lehnte. Es stellte den Santa Monica Boulevard dar, mit seinen niedrigen, farbigen Gebäudequadern, dem tiefblauen Himmel, den breiten Gehwegen, den Palmen und dunklen Schatten. Mehrere Figuren verteilten sich darauf, ein Schwarzer in Jeans, weißem Unterhemd und Sportschuhen, der an einer Wand lehnte, eine Joggerin mit Sonnenschild, die sich an einem Laternenpfosten ausruhte, zwei Fußgänger, eine Person, die einen Einkaufswagen hinter sich herzog und ein Auto mit Preisschild betrachtete. Gestaltet war die Komposition in den Farben Kaliforniens, grell und kontrastreich. David fand sie sterbenslangweilig. Erneut stellte sich die Frustration ein, die er schon zwei Mal erlebt hatte, bei *Portrait of an Artist* und bei *My Parents,* und die so lange angehalten hatte, bis etwas klick gemacht und er seine beiden besten Bilder geschaffen hatte. Er musste Geduld und Vertrauen haben. Das Gefühl, versagt zu haben, gehörte zum kreativen Prozess. Das wusste jeder Künstler, ob Maler, Musiker oder Schriftsteller.

Der Besuch seiner Mutter ermöglichte es ihm, sich den aktuellen Problemen zu entziehen. Er hatte ihr ein Flugticket geschenkt, damit sie ihre beiden Söhne in Australien besuchen konnte; einer seiner Brüder hatte nicht zur Beerdigung nach England kommen können. Nach einem Monat in Australien legte sie auf dem Rückweg einen Zwischenstopp in Los Angeles ein – zum ersten Mal kam sie in diese Stadt. David hatte auch seine Londoner Freundin Ann mit ihrem Sohn Byron eingeladen, denn in England waren Osterferien und er glaubte, dass die warmherzige Frau und der dreizehnjährige Junge seine Mutter zusätzlich aufmuntern könnten. Laura trauerte, sie wirkte verloren, zuweilen sogar geistesabwesend, aber sie bestaunte mit ihrer gewohnten Liebenswürdigkeit alles und jedes, insbesondere den ewigen Sonnenschein und die Wärme. «Die Sonne scheint so oft», sagte sie eines Tages, «wie kommt es, dass ich draußen keine Wäscheleinen sehe?» Eine ungewollt komische Frage im Land der Waschmaschinen und Wäschetrockner, wo die meisten Menschen nicht einmal wussten, dass man Wäsche mit der Hand waschen und im Freien trocknen lassen konnte. David wunderte sich über sich selbst, dass er sich diese berechtigte Frage nie gestellt hatte, denn in seiner Jugend hatte er seine Wäsche sehr wohl selbst gewaschen. Ihm gefiel die Verwunderung, mit der seine Mutter das Fehlen flatternder Bettlaken registrierte. So etwas interessierte sie mehr als die Regisseure, Künstler und berühmten Schauspieler, die sie bei Christopher und Don traf (und oft nicht erkannte), wenn Davids Freunde in ihrem schönen alten Haus am Adelaide Drive ihre Abendgesellschaften gaben – Dennis Hopper, Billy Wilder, Tony Richardson, Igor Strawinsky, George Cukor, Jack Nicholson und andere. Als David jedoch Cary Grant zum Tee einlud, dessen sämtliche Filme Laura gesehen hatte, freute sie sich sehr.

David empfand ihre kindliche Unschuld als ein kostbares Gut. Nur ein Kind betrachtete die Welt auf diese Weise, ohne sich von den dummen Vorurteilen der Erwachsenen beeinflussen zu lassen. Nur ein Kind beobachtete Ameisen, die Krümel abtransportierten, oder Marienkäfer, oder Wassertropfen auf Blättern, Pfützen und Kieselsteinen. David genoss auch Byrons Gesellschaft sehr, der sich als einziger Sohn einer geschiedenen Mutter wie ein Erwachsener ausdrücken konnte, aber mit der Logik eines Kindes dachte. David hatte miterlebt, wie er auf die Welt kam und heranwuchs, denn Ann wohnte ganz in seiner Nähe in Notting Hill, und wenn er in London war, besuchte er sie oft. Zwei komplette Wochen hatte er allerdings noch nie mit ihnen verbracht. Byron, der dunkelhaarige Sohn einer rothaarigen Mutter, ein hübscher Junge von südländischem Typ mit großen Augen, interessierte sich für alles und stellte tausend Fragen, aber er wusste auch, dass man ein Gespräch oder ein Schweigen nicht unterbrechen durfte. Wenn er David beim Malen zusah, verhielt er sich ruhig. Wenn sie alle zusammen Karten spielten, wollte er unbedingt gewinnen. In seiner Gegenwart fühlte sich David wie ein Vater und gleichzeitig wie ein Kind.

Der Besuch, vor dem er sich ein wenig gefürchtet hatte, entwickelte sich wunderbar mühelos und spielerisch. Alle verstanden sich blendend, und in Kalifornien gefiel es sowohl seiner Mutter als auch Ann und Byron so gut, dass David sie einlud, bald wiederzukommen. Das nächste Mal hätten sie es bequemer, denn er plante, in ein größeres Haus umzuziehen, da er sich nun sicher war, dass er in Los Angeles bleiben würde. Hier hatte er ein perfektes Gleichgewicht zwischen Alleinsein und Geselligkeit gefunden. Gregory hatte im Sommer in den Hügeln von Hollywood etwas Passendes ausfindig gemacht. Die Villa lag am Ende einer Sackgasse, der Montcalm Avenue, umgeben von einer reichen Vegetation, und war zwar nicht sehr komfortabel eingerichtet, aber dafür geräumig. Sie bestand aus mehreren Bungalows und hatte einen Pool. Der Umzug ging gut über die Bühne und man verständigte sich darauf, dass Laura, Ann und Byron an Weihnachten wiederkommen würden.

David arbeitete für die Metropolitan Opera an der Ausstattung von *Parade*, einem dreiteiligen Programm französischer Musik vom Beginn des

20. Jahrhunderts, kombiniert aus Saties Ballett *Parade* – für das Picasso bei seiner Entstehung 1917 die Ausstattung entworfen hatte –, *Les mamelles de Tirésias* (Die Brüste des Tiresias) von Poulenc und *L'enfant et les sortilèges* (Das Kind und der Zauberspuk) von Ravel. Es war sein drittes Projekt für die Bühne, das erste in den USA. Er hatte immer noch keine Lösung für sein großformatiges Gemälde gefunden und brauchte eine Ablenkung. Der Entwurf von Bühnenbildern fiel ihm leichter als konzentriertes Malen: Er musste nur stundenlang Opernmusik hören und die Phantasie schweifen lassen. Die Musik diktierte die Farben und Formen. Noch interessanter gestaltete sich die Arbeit, als der New Yorker Regisseur für ihn ein kleines Bühnenmodell anfertigen ließ, mit einer Bühnenmaschinerie im Miniaturformat, bestehend aus winzigen Stangen, Seilen und sogar Scheinwerfern.

Über dieses Miniaturtheater staunte Byron besonders, als er mit seiner Mutter und Laura in den Weihnachtsferien wiederkam. Der Junge begeisterte sich für alles: für das neue Haus, versteckt zwischen Büschen und Bäumen, die Waschbären, Opossums und Hirsche anlockten, den bohnenförmigen Swimmingpool, in den er von morgens bis abends juchzend hineinhüpfte, das schöne Wetter, das es erlaubte, auch im Dezember noch zu schwimmen, und vor allem das außergewöhnliche Spielzeug, an dem David seine Bühnenentwürfe bei Sondervorstellungen vor einem kleinen, privilegierten Publikum testete. Der Vierzehnjährige wurde eine Art zweiter Assistent; Gregory, der die fast tägliche Wiederholung des Schauspiels leid war, räumte seinen Platz nicht ungern. An Weihnachten nahm David, überglücklich, endlich jemanden zu haben, mit dem er eine seiner größten Freuden teilen konnte, Byron nach Disneyland mit. Sie probierten eine Attraktion nach der anderen aus und kamen am Schluss zu *Pirates of the Carribean*. Als das Boot, begleitet vom Geräusch klickender Ketten, ins Dunkel eintauchte, streifte etwas Undefinierbares mit einem erschreckenden Laut ihre Gesichter und die Finger des Kindes krallten sich in Davids Arm. Auch der schrie auf – aber nicht aus Angst, sondern vor Vergnügen, denn er wusste genau, was auf sie zukam. Als sie zwanzig Minuten später ihre beiden englischen Begleiterinnen abholten, die auf einer Bank auf sie gewartet hatten, und Byron auf seine Mutter zustürzte und ihr zurief, sie hätte mitkommen sollen, es sei überhaupt nicht unheimlich, lächelte David zärtlich. Er wollte kein Kind, hatte auch nicht die Zeit, eines aufzuziehen, aber wenn doch, hätte er sich eines wie Byron gewünscht, lebhaft, neugierig, aufgeschlossen, sensibel. Als sie wenig später in der Abenddämmerung auf den Ausgang zuschlenderten, die beiden Frauen Arm in Arm hinter David und Byron, die in ihre Zuckerwatte bissen, schüttelte Ann lachend den Kopf: «Ihr seid mir ein Paar! Man weiß nicht, wer der Jüngere von euch beiden ist!» Ein größeres Kompliment konnte man David nicht machen.

Am Ende der zwei Wochen, die viel zu schnell vergingen, versprach David dem Jungen, beim nächsten

Besuch mit ihm zum Grand Canyon zu fahren. Byron bekam leuchtende Augen. Er wandte sich an seine Mutter.

«Können wir Ostern wiederkommen?»

Die Erwachsenen lachten.

«Vielen Dank, David! Jetzt wird er mir mit dieser Frage jeden Tag in den Ohren liegen. Ich muss dich darauf hinweisen, mein Schatz, dass wir dieses Jahr schon zwei Mal hier waren und dass Los Angeles nicht um die Ecke liegt! Außerdem verbringst du die Osterferien bei deinem Vater.»

«Wenn du fünfzehn wirst, Byron.»

«Das dauert noch so lange!»

David ließ sie nur mit Bedauern ziehen.

Einige Monate später machte er auf dem Weg nach England Halt in New York, wo im MoMA eine große Picasso-Retrospektive eröffnet hatte. In allen achtundvierzig Sälen des Museums hingen Werke des spanischen Malers. Zeichnungen, Schwarzweißradierungen, Farbradierungen, Gemälde, Skulpturen, alles war versammelt, aus allen Perioden, der blauen, der rosa, der kubistischen … Die Präsentation war überwältigend umfangreich. Es war, als hätte Picasso den gesamten Inhalt des Louvre gemalt, als wäre er gleichzeitig Piero della Francesca, Vermeer, Rembrandt, Van Gogh und Degas. Ein Genie. Ein in jeder Hinsicht gewaltiges Œuvre. In den fünf Tagen, die sich David in New York aufhielt, besuchte er die Ausstellung jeden Tag. Speziell beeindruckte ihn ein Bild von 1951, das er noch nicht kannte. Es trug den Titel *Massaker in Korea* und war während des

Koreakriegs entstanden. Als Inspirationsquellen galten Goyas *Die Erschießung der Aufständischen* und Manets *Die Erschießung des Kaisers Maximilian*. Das Gemälde, in dem eine Gruppe von Frauen und Kindern mit angstverzerrten Gesichtern bewaffneten, roboterhaften Soldaten gegenüberstand, die sich bereit machten, sie zu ermorden, vereinte in sich alles, was für David zählte: eine perfekte Komposition, Zitate aus anderen Werken, ein Gefühl für den Augenblick, Menschlichkeit und ein bedeutendes Sujet.

Er ging auf die dreiundvierzig zu, war ein Mann in der Mitte des Lebens. Was hatte er in den zehn Jahren seit seiner Retrospektive in der Whitechapel Gallery geleistet? Sicher, er hatte viel gearbeitet. Zeichnungen und Radierungen in großer Zahl, drei Opernausstattungen, aber wie viele Gemälde? Wollte er als Zeichner oder Bühnenbildner in die Geschichte eingehen?

Glücklicherweise strahlte die Picasso-Ausstellung so viel positive Energie aus, dass er bei seiner Rückschau nicht in Trauer oder Nervosität verfiel. Im Gegenteil, ihn beseelte der Drang, selbst etwas zu schaffen. Als er den Sommer über in London wohnte, vollendete er in rasanter Folge sechzehn Gemälde zum Thema Musik, zu denen er sich durch seine Opernausstattungen anregen ließ. Mit der Zeit wurde der Wunsch, nach Kalifornien zurückzukehren, immer stärker. Dort gab es weniger Störungen und er konnte sich wieder an sein großes Werk machen.

Am Tag seiner Abreise informierte ihn ein Anruf des Regisseurs, dass sich durch einen Streik an der Met die Premiere des *Parade*-Dreierprogramms verzögerte, an dem er mit so viel Freude gearbeitet hatte, und möglicherweise die Aufführung ganz auf dem Spiel stand. Als er wenig später sein kalifornisches Atelier betrat und *Santa Monica Boulevard* betrachtete, war er entsprechend missgelaunt. Dennoch hoffte er, durch den Sommer so viel Abstand gewonnen zu haben, dass er endlich verstand, wo das Problem lag.

Das Gemälde wirkte leblos. Eine Katastrophe.

In einer Ecke des Raums stand ein kleines Bild, das David in aller Eile gemalt hatte, ohne eine andere Absicht, als neue Acrylfarben auszuprobieren. Dieses Bild, das zufällig einen Canyon darstellte, wirkte auf einmal viel lebendiger und interessanter auf ihn als das Monstrum, an dem er nun seit beinahe zwei Jahren tüftelte. Um ihn zum schnelleren Arbeiten zu ermutigen, hatte Henry ihm einmal gesagt, dass die Zeit, die man für ein Gemälde brauchte, in keinem unmittelbaren Verhältnis zum Ergebnis stünde. Wie so oft, hatte er auch diesmal recht gehabt.

Impulsiv wandte sich David an seinen Assistenten und deutete auf *Santa Monica Boulevard*: «Nimm es bitte weg. Du kannst es vernichten.»

In der folgenden Nacht konnte er nicht schlafen. Er wälzte sich im Bett hin und her und fragte sich, wie es kam, dass er anderthalb Jahre auf ein Bild verwendete, bis er merkte, dass es nichts taugte. Zwei seiner Bilder, *Portrait of an Artist* und *My parents*, hatte er vollständig überarbeitet. *Santa Monica Boulevard* war unrettbar verloren, daran bestand für ihn kein

Zweifel. Hatte er das Bild aus den falschen Gründen begonnen? Weil er ein großformatiges Gemälde wollte? Oder hatte ihn sein Maltalent zur selben Zeit im Stich gelassen wie Peter? War ihm, als er endlich von Peter kuriert war, die Lust abhandengekommen, die am Ursprung jeder kreativen Tätigkeit lag?

Er hatte zwei Hände, zwei Beine, zwei Augen, eine hervorragende Technik und brachte dennoch nichts zustande. Vielleicht hatte er seine blaue Gitarre verloren. Er konnte nichts dagegen tun. Vielleicht sollte er lieber nur noch Ausstattungen entwerfen – für Opern, die dann nicht einmal aufgeführt wurden. Er musste sich damit abfinden. Immer noch besser, als mittelmäßige Bilder zu produzieren.

Er dachte an Hilton Kramers Artikel, der an der Wand des Ateliers hing, und an die Worte, die Clement Greenberg, ein anderer bekannter amerikanischer Kunstkritiker, elf Jahre zuvor beim Betreten von Emmerichs Galerie geäußert hatte, in der gerade eine Einzelausstellung von David stattfand: «Eine seriöse Galerie sollte solche Werke nicht ausstellen.» Er hatte sich über die Geringschätzung der Kritiker und deren Begriff von Seriosität immer lustig gemacht. Nun fragte er sich plötzlich, was sie in seinen Arbeiten gesehen hatten, das er nicht sah. Aber stimmte das denn überhaupt? Hatte ihn Kramers Artikel nicht an seiner Achillesferse getroffen, der Befürchtung, kein guter Maler zu sein? David war sich seines Schwachpunktes immer sehr bewusst gewesen. Er war ein hervorragender Zeichner und Kolorist, aber seine Gemälde hatten etwas Starres an sich. Er besaß nicht die Freiheit eines Picasso und würde sie nie besitzen. Es gelang ihm nicht, eine Form zu finden, die sich mit seiner Vision deckte. Durch Trägheit oder Flüchtigkeit fiel er in die Konventionen des bürgerlichen Naturalismus zurück, und es sah so aus, als gäbe er sich damit zufrieden, realistische Porträts nach Manier der Künstler des 19. Jahrhunderts zu malen. Kramer hatte nicht unrecht. Genau darin lag das Problem des neuen Gemäldes, das nicht im Entferntesten die Bewegung vermittelte, die er im Sinn gehabt hatte, sondern schlicht und einfach nur platt realistisch war, unlebendig. Der Realismus in der Malerei war nicht die Realität, sondern einfach eine Konvention.

Mit weit geöffneten Augen starrte er im Halbdunkel an die Decke, als ihm einfiel, was Byron an Weihnachten zu dem vertrackten Bild gesagt hatte:

«Das gefällt mir, aber es sieht aus wie ein Bild.»

«Ein Bild?»

«Ja. Es sieht nicht echt aus. Es ist zu … gerade.»

Und Ann hatte hinzugefügt: «Ich verstehe, was er sagen will. Es liegt an den vielen horizontalen Linien parallel zum Bildrand.» Damals hatte David kaum auf die Bemerkung geachtet, aber sie hatte sich ihm wohl doch fest genug eingeprägt. Auf einmal brachten ihm die Worte des Jungen die Erleuchtung. Byron hatte das Problem erkannt. David hatte sein Bild auf der Basis von Fotografien des Boulevards angelegt. Darin bestand der Fehler. Die Fotos waren durch den Aufnahmewinkel definiert, wogegen das Auge beim Betrachten einer Szenerie ständig hin und her schweifte und die Perspektive änderte. Zudem spielten beim Betrachten nicht nur die Augen eine Rolle, sondern auch die Erinnerung und die jeweilige Gemütslage.

Es war, als blinkte ein kleines Licht am Ende des Tunnels, in dem er sich vorantastete, seitdem er sich das Scheitern seines Projekts eingestanden hatte. Vielleicht gab es doch noch Hoffnung, wenn er seine Malweise radikal änderte. Wenn er nicht mehr auf der Basis von Fotografien malte, sondern aus dem Gedächtnis. Wenn er sich nicht mehr vornahm, ein großformatiges Gemälde zu schaffen, sondern einfach das malte, was ihm wichtig war. Dann wäre er dichter an der Wahrheit und am Leben.

Als er am Morgen sein Atelier betrat, war ihm leichter ums Herz.

Seit dem Umzug in die Hügel von Hollywood fuhr er täglich mit dem Auto, in das er erstklassige Lautsprecher eingebaut hatte, zwischen der Montcalm Avenue und West Hollywood hin und her und hörte dabei ständig Musik. Am Abend ließ er die Highways von Santa Monica und Hollywood hinter sich, fuhr über gewundene Straßen in den Canyon, durch eine üppige, duftende Vegetation, die ihn an Südfrankreich erinnerte, bis plötzlich, je nach Uhrzeit, hinter einer Kurve ein glühender Feuerball oder das strahlend blaue Meer auftauchte. Er achtete bei seiner Fahrgeschwindigkeit darauf, dass er genau an dieser Stelle eine Opernarie hörte, die sich harmonisch in den Anblick einfügte. Der Heimweg war nicht einfach eine zu bewältigende Strecke, sondern der schönste Moment des Tages. Und genau den würde er malen.

Er fertigte von seiner Route durch den Canyon eine kleine Skizze an. Eine kurvige Straße zog sich vertikal durch die Bildmitte, umgeben von bunten Farbflecken, die die Hügel und die Pflanzen darstellten. Hier und da ragte ein Baum oder Haus heraus. Das Bild hatte nichts mit den bisher gemalten gemeinsam, abgesehen von dem einen, auf dem er seine Acrylfarben ausprobiert hatte, und erinnerte an eine Kinderzeichnung. Das zweite war bereits größer und ambitionierter. Er bildete darin die Strecke zwischen seinem Haus und dem Atelier ab, in sanfteren Farben und mit einer zuweilen fast pointillistischen Technik. Die Windungen der Straße zogen sich horizontal durch das Bild, umrahmt von einer komplexeren Landschaft aus Hügeln, Bäumen und niedrigen Pflanzen, in die er einen Tennisplatz, einen Pool, einen Strommast, einen Stadtplan von Downtown L.A. und am Horizont das Meer integrierte. Alles war gleich groß, wie auf Landkarten, wie sie Kinder malen. Diese beiden und die unmittelbar folgenden Bilder waren keine traditionellen Landschaften, sondern Reisen durch die Zeit, Geschichten voller Leben, die dem Auge durch die Ausgewogenheit der warmen Farben und der geometrischen Formen schmeichelten. Die Kritiker glaubten, er sei wieder zum Kind geworden. Doch David zweifelte nicht daran, dass er auf dem richtigen Weg war.

Die Zeit, die er auf *Santa Monica Boulevard* verwendet hatte, war also nicht vergeudet, weil er daran gelernt hatte, dass seine alte Herangehensweise nicht funktionierte, und auch die erneute Beschäftigung mit Bühnenbildern hatte ihren Sinn, denn die Arbeit mit drei Dimensionen hatte seine Beziehung zum Raum verändert.

Das Dreierprogramm *Parade* kam mit einem Jahr Verspätung doch noch zur Aufführung. Im Januar '81 lernte David in New York, wo an der Met die letzten Proben liefen, bei Henry, der gerade mit seinem jungen Liebhaber in eine Wohnung an der Ninth Avenue eingezogen war, einen hübschen blonden Kunststudenten kennen. Er schlug dem Studenten vor, ihn am Abend in die Met zur Probe zu begleiten. Als sie nach der Probe das Opernhaus verließen, lag die Stadt im Dunkeln – ein kompletter Stromausfall. Die U-Bahn war gesperrt, die Busse fuhren nicht und sämtliche Taxis waren besetzt. Es blieb ihnen nichts anderes übrig, als zu Fuß vom Lincoln Center bis ins West Village zu laufen. David zog einen brandneuen Walkman aus der Tasche und beeindruckte damit seinen Begleiter sehr, denn das Gerät war gerade erst auf den Markt gekommen; sogar zwei Paar Kopfhörer gehörten dazu. Es war so kalt, dass ihre Atemluft kleine Wölkchen bildete. Nur der Mond und die Autoscheinwerfer erhellten die Dunkelheit ein wenig, und so gingen sie den Broadway hinunter, am Times Square vorbei, durch Midtown und den Flatiron District, immer verbunden durch die Kabel, die aus ihren Ohren hingen, und die Musik, die in ihren Gehörgängen dröhnte. Der junge Mann sah gut aus, schien empfindsam und intelligent zu sein. War eine neue Beziehung denkbar? Ian war zweiundzwanzig, David fast doppelt so alt. Ian lebte in New York, David in Los Angeles. Eine Generation und ein Kontinent trennten sie.

Die Premiere von *Parade* war ein voller Erfolg. Alle Kritiker waren sich einig, dass dies Davids Verdienst war, dass seine Bühnenbilder und Kostüme das Dreierprogramm in ein zauberhaftes visuelles Erlebnis verwandelt hatten. Als der Regisseur ihm die Mitarbeit an einem weiteren Projekt anbot, griff David zu, trotz Henrys Warnung, einen solchen Erfolg werde er nicht ein zweites Mal einheimsen und der Entwurf von Bühnenbildern werde ihn erneut von seinem eigentlichen Aktionsfeld, der Malerei, ablenken. Das traf zu, aber das Opernprojekt lieferte ihm den Vorwand, häufig nach New York zu fahren.

Ian hielt sich zur Verfügung, wenn David anrief, und sie gingen gemeinsam in Ausstellungen, Filme oder Restaurants. David wusste, dass Henry Ian in einer Schwulenbar kennengelernt hatte und der junge Mann offenbar nicht unzugänglich war, aber er fürchtete, ihre aufkeimende Freundschaft durch eine ungeschickte Geste aufs Spiel zu setzen. Ende des Jahres schlug er Ian vor, nach Los Angeles umzuziehen und am dortigen Otis Art Institute weiterzustudieren. Er könne bei ihm, David, wohnen und für ihn arbeiten. In einem Atelier würde er mehr lernen als in jedem Kurs. Ian war begeistert von der Idee, beantragte einen Wechsel des Studienorts und zog im Januar 1982 nach Los Angeles. Das war das

Signal, das David brauchte. Bald teilte er mit Ian sein Zimmer im ersten Obergeschoss.

Das Leben hielt demnach auch für einen Fünfundvierzigjährigen noch Geschenke bereit. Man musste nur geistig beweglich und im Herzen ein Kind bleiben und etwas wagen: vor Freude oder Angst aufschreien, das Vergnügen an Disneyland offen zeigen, Zuckerwatte essen, der Laune des Augenblicks folgen, missglückte Arbeiten zerstören, Neues ausprobieren, spielen, all das tun, was die Erwachsenen nicht guthießen. Mit dem inneren Kind in Verbindung bleiben. Mit Ian zusammen gab er dem Haus an der Montcalm Avenue einen neuen Anstrich. Sie entschieden sich für so kontrastreiche Farben, dass man meinen konnte, in ein Bild von Matisse zu spazieren: Die Wände erstrahlten in kräftigem Rot und Grün, Fußboden und Geländer in Preußischblau. Sie leerten den Swimmingpool und David bemalte den Boden mit kleinen dunkelblauen Wellenlinien.

Gregory war von dem neuen Arrangement nicht angetan, und David musste ihn daran erinnern, dass sie eine offene Beziehung führten, was Gregory nicht abstreiten konnte, denn er hatte selbst davon profitiert. «Aber nicht bei uns zu Hause, nicht unter deinen Augen!», wandte er zu Recht ein. Das spiele doch keine Rolle, konterte David nicht ganz aufrichtig. Doch seine Bitte, Gregory möge eine Situation akzeptieren, durch die sich an ihrer Beziehung nicht das Mindeste ändere, war ehrlich gemeint. David liebte ihn, sie arbeiteten zusammen, sie schritten auf demselben Pfad voran, strebten dieselbe Zukunft an, eine Zukunft, die ihnen ihr Pakt erst ermöglichte, denn er stellte ihre Beziehung auf eine Basis, die haltbarer war als fleischliche Lust. Treue sei ein bürgerlicher Begriff, argumentierte David. Er hatte wegen Peter zu sehr gelitten, unter dem Verlust, unter der Einsamkeit. Nicht mehr allein sein, darum ging es, einen Gefährten haben, unabhängig von körperlichen Bedürfnissen. Das, was sie verband – Freundschaft, gegenseitiger Respekt, ähnliche künstlerische Ziele, die Arbeit, Zärtlichkeit – hatte eine Bedeutung, wenn auch auf andere Weise. Gregory ließ sich überzeugen, aber um seine gegen Abend häufig depressive Stimmung zu bekämpfen, griff er zur Flasche, zu Marihuana oder härteren Drogen.

Kurz nach Ians Ankunft fragte der Kurator des Centre Pompidou an, ob David an einer Ausstellung über Fotografie und Kunst teilnehmen wolle. Er kam nach L.A. und kaufte vor Ort eine große Menge an teuren Polaroidfilmen, um die Abzüge zu fotografieren, deren Negative David nicht mehr gefunden hatte. Bei seiner Abreise ließ er zahlreiche ungenutzte Filmrollen zurück. David konnte der Versuchung nicht widerstehen und ging gleich am nächsten Tag durch sein Haus, um aus unterschiedlichen Blickwinkeln einzelne Details zu fotografieren.

Als er die Teile von *My House, Montcalm Avenue, Los Angeles, Friday, February 26, 1982*, zusammensetzte, spürte er ein vertrautes Kribbeln. Unverkennbar dasselbe Kribbeln, das er gespürt hatte, als er am Royal College zum ersten Mal Buchstaben und Zahlen in seine Bilder eingefügt hatte und als er vor nicht allzu langer Zeit in New York seine «Paper Pools» geschaffen hatte. Dieses überwältigende Glücksgefühl, wie bei einem ins Spiel vertieften Kind, war für ihn die wichtigste Leitlinie. Er musste ihm folgen, auch wenn er noch nicht wusste, wohin. Die erste Collage aus dreißig Polaroid-Bildern nahm den Betrachter mit von Raum zu Raum, durch Raum und Zeit. Die Wirkung war eine andere als beim Einzelfoto, das nur einen bestimmten Moment einfing. Es handelte sich also, strenggenommen, nicht um Fotografie, sondern um «fotografische Malerei». Zehn Jahre früher hatte ihm die Ausstellung im Londoner Victoria & Albert Museum *«Von heute an ist die Malerei tot»: Die Anfänge der Fotografie* einen regelrechten Schock versetzt. Er nahm Rache, indem er das Medium Fotografie gegen sich selbst einsetzte. Er unterlief dessen gewöhnliche Verwendung, indem er ihm Dauer und Bewegung wiedergab.

Innerhalb einer Woche schuf er einhundertfünfzig Collagen. Dann fing er an, Menschen zu fotografieren – Ian, Celia, Gregory – und von ihnen Porträts zu malen, die unmittelbar von den kubistisch angehauchten Fotocollagen inspiriert waren. Seine Fotografiersucht steigerte sich noch, als er eine kleine Pentax-Kamera kaufte und Collagen ohne die weißen Ränder der Polaroidaufnahmen machen konnte, die den Raumfluss störten. Er gab sich die Regel, dass die Abzüge nicht zerschnitten werden durften. Aber er war nicht verpflichtet, die geraden

Kanten des Bildrands zu beachten. Eine fieberhafte Erregung hinderte ihn am Schlafen. Nicht selten weckte er Ian oder Gregory mitten in der Nacht, damit sie seine neue Collage bewunderten. Bei seinen Telefonaten mit Henry redete er von nichts anderem mehr und hatte Mühe, für die beruflichen Sorgen seines besten Freundes Interesse aufzubringen. Henry erklärte ihn für verrückt und taufte das Haus an der Montcalm Avenue scherzhaft in «Mont Hysterical» um. Da gestand ihm David lachend, dass auch Christopher gesagt habe, er benehme sich wie ein verrückter Wissenschaftler. Auf dem Fußboden im Atelier lagen Tausende von Fotografien. Er war wie in einem Rausch. Die nächste Collage setzte er aus einhundertachtundsechzig Fotos zusammen. Die Technik entwickelte sich weiter und nährte seinen Überschwang. Neuerdings konnte man Fotos innerhalb einer Stunde entwickeln! Die Schwierigkeit bestand nur darin, den Laboranten dazu zu bringen, dass er auch die scheinbar missglückten Negative entwickelte.

Neben dem Glücksgefühl, das ihm seine neuen spielerischen Experimente bescherten, verblassten im Grunde alle anderen Ereignisse – abgesehen vielleicht von dem Brief, den er im Juli zum 45. Geburtstag von seiner Mutter bekam. Seine wunderbare, geliebte und verehrte Mutter sprach darin zum ersten Mal in unbeholfenen, gewundenen Sätzen das Thema Homosexualität an. Sie wisse nicht viel darüber, gestand sie, und habe sich deshalb vor Jahren ein Buch gekauft, um ihren Sohn besser zu verstehen.

Geschrieben hatte es Leonard Barnett und es hieß *Homosexuality: Time to tell the truth.* In ihrem Brief drückte Laura die Befürchtung aus, keine gute Mutter gewesen zu sein, fragte sich, ob Eltern für diese «besonderen Geschöpfe» verantwortlich seien, und dankte David dafür, dass er ihr sein Anderssein nie vorgehalten habe. Sie wünschte ihm alles Glück der Welt. Der naive Brief enthielt so viel Liebe und Herzensgüte, er kam aus einer so schönen Seele, dass David beim Lesen nicht wusste, ob er lachen oder weinen sollte.

Was gab es noch? Die Tatsache, dass der Strawinsky-Abend an der Met, mit seinen Opern *Le Rossignol* und *Oedipus Rex* und dem Ballett *Le Sacre du Printemps*, kaum auf Gegenliebe stieß, wie Henry vorausgesagt hatte, hielt David nicht davon ab, eine weitere Anfrage positiv zu beantworten. Diesmal handelte es sich um ein Ballett. Dass Gregory zu viel trank und in alkoholisiertem Zustand Eifersuchtsattacken bekam, war bedauerlich, aber am Ende begriff er dann doch immer, wie wichtig er für David war, und beruhigte sich. Joe McDonald hatte eine so schwere Lungenentzündung, dass er ins Krankenhaus eingeliefert wurde. David fuhr nach New York und war entsetzt, wie sehr die Krankheit den Freund verändert hatte. Aber wenn man sich gut um Joe kümmerte, würde er schon wieder gesund werden. Ian kündigte an, er werde an die Ostküste zurückkehren, um in der Nähe seines Vaters zu sein, bei dem man Krebs diagnostiziert hatte. David nahm die Abreise seines jungen Geliebten mit philosophischer

Gelassenheit hin. Wenigstens würde Gregory jetzt zufriedener sein.

Henry kam zu Besuch. David zeigte ihm mit Feuereifer seine Fotocollagen und wollte ihn an seiner Begeisterung teilhaben lassen, aber der Freund hörte nur mit halbem Ohr zu. Er stand kurz davor, seine Stelle als Beauftragter für kulturelle Angelegenheiten für die Stadt New York, die ihm Oberbürgermeister Koch fünf Jahre zuvor übertragen hatte, zu kündigen, denn die Tätigkeit war so anstrengend, dass sie ihn krank gemacht hatte. Als er von den hohen Arztkosten sprach, die er kaum schultern konnte, begriff David, dass Henry sich von ihm Geld leihen wollte. Sie gerieten in Streit. Henry warf ihm Knickerigkeit und Egozentrik vor und reiste früher ab als geplant. In den zwanzig Jahren ihrer Freundschaft hatte es noch nie ein so schweres Zerwürfnis gegeben.

Im August kamen Ann und Byron nach einer Pause von zwei Jahren wieder nach Kalifornien, um dort ihre Ferien zu verbringen. Wie versprochen, fuhr David mit dem Jungen an den Grand Canyon. Byron war fasziniert von der Wüste. David legte die Kamera nicht aus der Hand; er wollte eine Collage schaffen, die den Eindruck vermittelte, als hätte der Betrachter überall am Kopf Augen. Er sollte zur gleichen Zeit das trockene Gras zu seinen Füßen, die orangerot und gelb leuchtenden Steinformationen und Felsspalten und die Berge am Horizont sehen können. Während er mit Byron am Rand des Abgrunds saß, vor sich die Unendlichkeit des Himmels und der Schluchten, die in der untergehenden Sonne rot erstrahlten, musste er an den Brief denken, den er kürzlich von Henry bekommen hatte. Henry hatte in Worte gefasst, wie enttäuscht er war. Er erinnerte David an seine Unterstützung in schweren Zeiten, als Peter ihn verlassen hatte, als sein Vater gestorben war. Nun brauchte er auch einmal ein geneigtes Ohr und Unterstützung, und der Mensch, den er für einen Freund gehalten hatte, hörte nicht zu. Seine bedingungslose Fixierung auf die Arbeit machte ihn egoistisch und taub. David erzählte Byron von dem Streit, und dieser sagte spontan:

«Du musst dich entschuldigen.»

«Aber er hat doch *mich* beleidigt! Er interessiert sich nicht für mich und meine neuen Arbeiten. Er ist nur gekommen, um mir Geld aus der Tasche zu ziehen!»

«Weil er es braucht, oder? Es ist bestimmt nicht leicht für ihn gewesen, dich darum zu bitten. Kannst du dir das nicht vorstellen?»

David war, als hätte ihm Byron eine Binde von den Augen genommen. Natürlich, Henry hatte sich gedemütigt, und er hatte ihn abgewiesen. Ein Junge von noch nicht sechzehn Jahren öffnete ihm die Augen mit der Weisheit des Alters – oder der Hellsichtigkeit der Kindheit. Er bedankte sich bei ihm.

Kurz darauf schrieb er Henry einen Brief, in dem er sich aufrichtig entschuldigte und ihm seine Hilfe anbot. Dann schrieb er auch Ian, dass seine Tür immer offen sei, und bat auch ihn um Verzeihung, weil er sich von seinen Fotocollagen, die für einen Studenten sicherlich weniger lehrreich waren als die

Arbeit an einem Gemälde, so sehr hatte absorbieren lassen.

Seine einsichtige Haltung zahlte sich aus. Henry söhnte sich mit ihm aus und Ian kam zwei Monate später nach Kalifornien zurück.

# IV

# DER TOD WIRD ÜBERSCHÄTZT

An einem Septemberabend, als David mit Gregory und Ian beim Abendessen saß, klingelte das Telefon. Am anderen Ende war David Graves, Davids Londoner Assistent und mit ihm befreundet, seit sie sich bei der Premiere zu *A Rake's Progress* in Glyndebourne kennengelernt hatten. Er war auch der Lebensgefährte von Byrons Mutter Ann. «David?», begann Graves, und seine leise Stimme hatte einen Unterton, den David sofort erkannte, etwas Metallisches, das er dreieinhalb Jahre zuvor an einem Februarmorgen in der Stimme seines Bruders wahrgenommen hatte, eine Art fehlender Resonanz. Die Stimme der Tragödie. Byron. Byron, der gerade sechzehn geworden war, Byron, dem David im Sommer die warmen Quellen von Hot Springs, die Geisterstadt Calico in der Mojave-Wüste und den Grand Canyon gezeigt hatte, mit dem er noch vor drei Monaten in diesem Haus fröhlich Karten und Scrabble gespielt und Witze gerissen hatte, der ihm geholfen hatte, sechsundsiebzig Bilder für seine Fotocollage auszusuchen. Byron, der ihm so kluge Ratschläge gegeben hatte. Der als Vierzehnjähriger in Disneyland vor Freude und Angst geschrien hatte. Tot. Byron hatte halluzinogene Pilze konsumiert – die in England nicht illegal waren – und war auf die U-Bahn-Schienen hinuntergeklettert, wo ihn ein Zug erfasst hatte.

David nahm das nächste Flugzeug nach England. Als er Ann gegenübertrat, wusste er nicht, was er zu ihr sagen sollte. Ihm fehlten die Worte. Wenn seine Mutter ihm beim Tod des Vaters wie die Verkörperung der Trauer erschienen war, so war Ann ein einziger stummer Schrei. Er nahm sie in die Arme, sie klammerten sich aneinander wie Ertrinkende und weinten. Sie hatte alles verloren. David konnte sich nicht ansatzweise vorstellen, wie es sich für eine Frau anfühlen musste, ein Kind zu verlieren, ein Kind, das sie im Körper getragen, auf die Welt gebracht, großgezogen – und wie gut! – und mit allen Fasern des Körpers und von ganzem Herzen geliebt hatte und doch nicht vor sich selbst hatte schützen können. Die Beerdigung am Nachmittag des 11. November auf dem Friedhof von Kensal Green war eine tieftraurige Zusammenkunft. Alle Freunde aus der Studienzeit am Royal College waren gekommen, darunter auch Michael, Byrons Vater. Die Schwärze dieses Tages brachte David in einer Fotocollage zum Ausdruck, die er gleich darauf realisierte. Sie zeigte seine Mutter im Regen in den Ruinen von Bolton Abbey, bekleidet mit einem langen grünen Regenmantel mit Kapuze; auf ihrem zerfurchten Gesicht zeichnete sich aller Schmerz der Welt ab. Er lud Ann und Graves nach Los Angeles ein. Sie könnten doch auch dort leben, warum nicht? Ann wäre dort weniger mit Erinnerungen an Byron konfrontiert als in London. Die

Wärme, die Sonne und das Meer würden ihr helfen, den Verlust zu überwinden.

Er selbst blieb auf dem Rückweg für ein paar Tage in New York, um Joe McDonald zu besuchen, der nach einem langen Krankenhausaufenthalt wieder zu Hause war. Er fühlte sich immer noch nicht gut und war bettlägerig, versorgt von seiner Mutter. Mit seinen siebenunddreißig sah er aus wie ein Achtzigjähriger. Seine Muskeln waren geschrumpft, sein Körper war abgemagert und ausgezehrt, sein Gesicht eingefallen und skelettartig. Von seiner Schönheit war nichts geblieben. Es war inzwischen klar, dass es sich nicht um eine Lungenentzündung handelte, sondern um etwas, das man den «Schwulenkrebs» nannte, eine durch sexuelle Kontakte übertragene Krankheit, die das körpereigene Immunsystem angriff. Eine wirksame Behandlung gab es noch nicht. Um Joe abzulenken, erzählte ihm David von seinen neuen Arbeiten und fotografierte ihn mit seiner Einwilligung für eine Fotocollage.

Davids Mutter, Ann und Graves verbrachten Weihnachten in Los Angeles, wie drei Jahre zuvor nach dem Tod von Davids Vater. Diesmal kümmerte sich die Älteste liebevoll um die Jüngste. Während David mit Graves an dem Bühnenbild arbeitete, das die Met bei ihm in Auftrag gegeben hatte, ging Ann mit Laura spazieren und weinte sich an ihrer Schulter aus. Ihr Landsmann Tony, der als Regisseur in L.A. wohnte, lud am Silvesterabend alle zu sich nach Hause ein. Er hatte zwei Töchter, deren jüngere so alt wie Byron war, was dazu führte, dass Ann mit Graves das Fest fluchtartig verließ. An anderen Abenden spielten sie auf der preußischblau bemalten Terrasse der Villa in der Montcalm Avenue zusammen Scrabble, und David fotografierte. Er stellte daraus eine Collage zusammen, die dieselbe unregelmäßige Form aufwies wie das Wortgitter auf dem Spielbrett. Auf der rechten Bildseite kombinierte er ein Dutzend Bilder von seiner hochkonzentrierten Mutter (sie spielte ausgezeichnet und gewann jedes Mal), ihrem ernsten Profil, ihren arthritischen Händen unter dem Kinn oder mit Spielsteinen; in der Mitte überlagerten sich Fotos von Ann, die sie nachdenklich und ins Spiel vertieft zeigten, die Hand an der Stirn oder lachend, weil sie eben ein Wort gefunden hatte; auf den Bildern zur Linken war Graves zu sehen, Ann in fürsorglicher Zuneigung zugewandt oder auch lächelnd, wenn sie einmal fröhlich wirkte; noch weiter links lag die Katze, mal verspielt, mal die Szene mit undurchdringlichen Blicken betrachtend. Die Farben ergaben ein ungemein harmonisches Ganzes. Das Grau im Kleid und Haar der Mutter fand seinen Widerhall im Spielbrett, das Rot von Anns Haar tauchte im roten Tisch wieder auf, das Blau in ihrem Kleid und das Gelb ihrer Kette fand sich in Graves' blau, gelb und rot gemustertem Pullover wieder. Durch die Fotocollage existierte nun eine greifbare Erinnerung – nicht an einen bestimmten, in der Zeit erstarrten Moment, sondern an eine Kette von Augenblicken, in denen das Scrabble-Spiel Ann von ihrem Schmerz abgelenkt hatte.

David setzte die Arbeit an den Fotocollagen in

England fort, wohin er seine Mutter begleitete (auch Ian kam mit, der noch nie in Davids Heimat gewesen war), wie auch später in Japan, wo er auf Einladung einen Vortrag hielt. Diesmal begleitete ihn Gregory. Als David den Zen-Garten im Ryoan-ji-Tempel fotografierte, stellte er fest, dass sein neuer Ansatz es ihm ermöglichte, die Perspektive zu ändern. Eine normale Aufnahme des Gartens hätte das Gelände in ein Dreieck verwandelt, während die Fotocollage seine viereckige Form bewahrte, die Form, die ein Mensch erlebte, der meditierend seine Grenzen abschritt. Auf dem Rückflug von Japan machte er wieder Zwischenstation in New York zu den letzten Proben des Balletts, dessen Bühnenausstattung er mit Graves kreiert hatte. Jeden Tag besuchte er Joe MacDonald, der wieder im Krankenhaus lag und so anfällig und schwach war, dass David einen Mundschutz und Handschuhe überstreifen musste, bevor er das Krankenzimmer betrat. Es ging zu Ende. Ann, die ebenfalls mit Joe befreundet war, kam nach New York, um sich von ihm zu verabschieden.

Joe starb am 17. April. Zu seiner Trauerfeier versammelte sich die Gay Community, dieselben Menschen, die die Bars, Clubs und inzwischen geschlossenen Saunen füllten und auf Fire Island die Nächte durchtanzten. Lachend erinnerte man sich an heiße Stunden mit Sexy Joe, und gleich darauf wurde man ernst und fragte sich besorgt, wer wohl der Nächste wäre, bei dem Aids festgestellt wurde. Durch einen jener Zufälle, die das Leben den Menschen ungerührt auftischt, sodass sie sich zuweilen für schizophren halten müssen, fand Joes Beerdigung am selben Tag statt wie die Generalprobe für das Ballett in der Met. David hastete von der einen zur anderen. Am Nachmittag hielt er für Joe die Rede, für die ihm bei seinem Vater und bei Byron die Kraft gefehlt hatte, und am Abend vergewisserte er sich niedergedrückt, aber mit scharfem Blick, ob auf der Bühne alles seine Ordnung hatte.

Wie alle seine homosexuellen Freunde kontrollierte David seinen Körper penibel und musterte sogar den Rücken im Spiegel, voller Angst, einen der verdächtigen kleinen schwarzen Flecken zu entdecken, die das erste Anzeichen der Seuche waren. Er war nicht mit so vielen Männern in Kontakt gekommen wie Joe, aber auch er hatte durchaus seine One-Night-Stands gehabt – Gott sei Dank die meisten ein Jahrzehnt vor dem Auftreten der Epidemie.

Joe, sechs Monate nach Byron, vier Jahre nach dem Vater. Drei Lebensalter hatte es getroffen, eines nach dem anderen. Joes Tod ergab nicht mehr Sinn als der von Byron. Wie konnte etwas so Gutes, Gesundes und Befreiendes wie Sex den Tod bringen? Und ausgerechnet den Schwulen, die mit aller Kraft um ihre Rechte kämpften? Wieso schlug die grässliche Krankheit zu, als hätte Gott einen Regen aus Feuer und Schwefel über die Homosexuellen ausgegossen? Denn so wurde natürlich die neue Krankheit von den gnadenlosen Reaktionären sofort gedeutet.

Von Trauer und Erschöpfung niedergedrückt, sehnte sich David nach einer Auszeit. Er flog mit Ian, Graves und Ann nach Hawaii. Als Ann und

Graves aus einer spontanen Laune heraus – sie hatten in einer Höhle eine Werbung für eine kitschige Zeremonie gesehen – zu heiraten beschlossen, spielte David den Hochzeitsfotografen und gestaltete aus den Aufnahmen von der Zeremonie ein dreiteiliges Wandbild. Nach der Rückkehr wurde in New York eine Ausstellung seiner neuen Fotocollagen eröffnet. Zufrieden konnte er in der *New York Times* lesen, er habe «die fotografische Perspektive von der Tyrannei der Kameralinse befreit». Als die Ausstellung im Juli nach London kam, wurde sie dagegen fast völlig ignoriert. Kein englischer Kunstkritiker zeigte das geringste Interesse an Davids Arbeit mit der Fotokamera. Ihrer Ansicht nach verschwendete der großartige Zeichner sein Talent und vergeudete seine Zeit.

David hatte sich vor Kurzem auf dem Tennisplatz neben seinem Haus an der Montcalm Avenue ein neues Atelier bauen lassen und brannte darauf, weiter zu malen. Als der Direktor eines Museums in Minneapolis ihm eine Ausstellung seiner Bühnenentwürfe vorschlug, lehnte er deshalb zunächst einmal ab; Zeichnungen und Entwürfe auszustellen, schien ihm nicht der Mühe wert. Doch dann kam ihm die Idee, auf der Grundlage seiner Entwürfe Bilder zu malen und sie mit Personen und Tieren zu beleben. Hals über Kopf stürzte er sich in das neue Projekt. Ihm blieben für die Realisierung der riesigen Bilder und Figuren nur wenige Monate. Mit seinen Assistenten arbeitete er vom Morgengrauen bis in die Nacht hinein. Jeden Tag wartete eine neue

Herausforderung auf ihn: Wie sollte er die Personen darstellen, ohne dass sie auf banale Weise realistisch erschienen? In einer Ecke seines Studios lehnten kleine aufgezogene Leinwände, die er noch nie benutzt hatte. Und wenn er sie aneinanderfügte, so wie seine Fotos, und auf jedes einen anderen Teil des Körpers malte – Kopf, Oberkörper, Beine? Und die Tiere? Er konnte doch nicht in Spielzeugläden gehen und Plüschtiere kaufen? Er schnitt die Figuren aus großen Polyester-Platten aus, die er anschließend bemalte. Die körperliche Arbeit hatte den Vorteil, dass sie ihn müde machte. Wenn die Nacht hereinbrach, rollte er sich zusammen und fiel in einen traumlosen Schlaf.

Während er mithilfe seiner Assistenten in einem Anfall von Schaffenswut eine bunte Märchenwelt schuf, zeichnete und malte er von Fotocollagen inspirierte Porträts: von sich selbst, von Ian. Auf einer von ihnen zeichnete er zwei Figuren übereinander. Eine zeigte seinen Liebhaber, der unter Davids zärtlichen Blicken wie ein Engel schlief. Der «zweite Ian» hob den struppigen Kopf und stach David wütend den Finger ins Auge, weil er durch sein Streicheln geweckt worden war, obwohl er keine Lust auf Sex hatte. Ian lachte laut, als er die Zeichnung sah: «Bin ich wirklich so gemein zu dir?» Es war klar, dass er nach L.A. zurückgekommen war, um sich zu amüsieren, und nicht David zuliebe. Der Künstler war nicht mehr in einem Alter, in dem er seinen jungen Geliebten jeden Abend zu Partys begleiten wollte, zumal er nie wirklich ein Nachtschwärmer gewesen war, nicht einmal zu Zeiten, als er Joe ins Ramrod oder ins Studio 54 begleitet hatte; er hatte schon immer vor allem das Zusehen genossen. Ian kam oft erst gegen Morgen nach Hause, wenn David gerade aufstand.

Mit sechsundvierzig kam sich David zum ersten Mal alt vor. Und so stellte er sich in seinen Zeichnungen und Gemälden denn auch dar. Er war nicht mehr der ewig junge Blondschopf mit den ungleichen Socken und dem gestreiften Polohemd, sondern ein nackter Mann mit einem erigierten Penis und einem ungestillten Verlangen, manchmal auch ein müde gewordener Rebell, der langsam, aber sicher auf ein Alter zuglitt, das weder Joe noch Byron je erreichen würden. Als Ian eines Abends verkündete, er werde ausziehen, war David nicht überrascht. Er machte ihm keine Szene. Dass Ian ihn eines Tages verlassen würde, hatte er immer gewusst. Die Trennung war nicht das Ende der Welt, selbst wenn sie wehtat. Er konnte sich nicht beklagen. Er war nicht tot, ebenso wenig wie Ian. Er war nicht einmal allein, denn Gregory war da, sein loyaler, treuer Gregory, der mit ihm bis spät in die Nacht arbeitete, aß, rauchte, trank und diskutierte. Gregory war kein einfacher Hausgenosse, denn mit Alkohol und Drogen im Blut neigte er zu Gewalt und David hatte ihn schon mehrmals mitten in der Nacht ins Krankenhaus fahren müssen, aber er kämpfte gegen seine Dämonen an. Nüchtern war er ein wunderbarer Freund, Geliebter und Assistent.

Im Walker Art Center von Minneapolis, wohin David mit Gregory zur Vernissage der Ausstellung seiner Theaterentwürfe gefahren war, fiel ihm in der Museumsbuchhandlung ein schwarz gebundenes Buch in die Hände, *Principles of Chinese Painting* von George Rowley. Er war im Jahr zuvor durch China gefahren und hatte kein großes Interesse an der chinesischen Malerei entwickelt, weil er sie wenig abwechslungsreich fand. Dennoch schlug er das Buch auf, ohne recht zu wissen, warum, und überflog die Inhaltsangabe. Das Kapitel «Moving Focus» machte ihn neugierig. Er kaufte sich das Buch und fing noch im Hotelzimmer an zu lesen.

Das Buch begeisterte ihn nicht bloß, es wühlte ihn regelrecht auf. In ihm fand er all das beschrieben, wonach er seit vier, fünf Jahren mit seinen experimentellen Fotoarbeiten und Bildern tastend suchte. Er erfuhr, dass er, ohne es zu wissen, von der westlichen Tradition mit ihren engen Grenzen in eine offenere, fernöstliche Tradition übergewechselt war. Die europäische Malerei war untrennbar mit der Erfindung der Zentralperspektive im 15. Jahrhundert verbunden. In Rowleys Buch wurde exakt die Tyrannei der Perspektive angesprochen, der David in seinen Fotocollagen und Gemälden mit ihren Bewegungen durch Raum und Zeit entkommen wollte. Danach strebten die Chinesen offenbar auch. Sie zeigten in ihrer Tuschemalerei das Innere *und* das Äußere und schränkten den Blick nicht ein, der im wirklichen Leben ja auch nicht auf einen einzigen Betrachterstandpunkt begrenzt war. «Sie malen nach dem Prinzip der multifokalen Perspektive, die es dem Auge erlaubt, umherzuschweifen, während der Betrachter

in seiner Phantasie durch die Landschaft wandert»,
las David. Jedes dieser Worte hätte von ihm stammen
können. Rowley machte hinsichtlich der Linearperspektive einen faszinierenden Vorschlag: «Die umgekehrte Perspektive, bei der sich die Linien im Auge
des Betrachters treffen und nicht im Fluchtpunkt,
wäre vom psychologischen Standpunkt aus die viel
richtigere.» Der Ausdruck «umgekehrte Perspektive» traf genau das, was David vor Jahren intuitiv
erfasst hatte, als er *Kerby* malte, nach einer Radierung von Hogarth, die demonstrieren sollte, welch
grobe Irrtümer dem Künstler unterliefen, der die
Gesetze der Perspektive nicht kannte. Damals hatte
er gedacht, dass diese «Irrtümer» den Raum genauso
gut, wenn nicht besser darstellten als die sogenannte
realistische Konzeption, denn sie öffneten die Tür
zur Vorstellungswelt – zu dem Teil des menschlichen
Geistes, der am individuellsten und subjektivsten ist.

War es Zufall oder Schicksal? Durch welches Wunder war der Leiter des Walker Art Center in Minneapolis auf die Idee gekommen, eine Ausstellung
zu organisieren, durch die es David in die entlegene
Stadt verschlagen hatte, wo er das Buch fand, durch
das er sein eigenes Bestreben in einem ganz neuen Licht sah? Eine unglaubliche Geschichte. Er war
gerade mal sechs Jahre alt gewesen, als ein Geisteswissenschaftler und Professor aus Princeton dieses Buch geschrieben hatte. Die Sätze, die er las,
gaben seiner Suche den theoretischen Rahmen, den
jeder Künstler mit Selbstachtung brauchte, der ernst
genommen werden wollte. Auch wenn er den Begriff

der «Seriosität» verabscheute, den die elitären, sno-
bistischen Kunstkritiker zur Diffamierung seiner
farbenfrohen Bilder heranzogen, war sein Schaffen
durchaus nicht von simpler hedonistischer Willkür
geprägt. Das konnte er mit Sicherheit sagen. Es ging
ihm um Forschung, wie Picasso, dessen Satz «Man
macht keine Bilder, man macht Studien» David nie
vergessen hatte.

Obwohl ihn die Erinnerung an die Trauerfeiern
für Byron und Joe noch sehr schmerzte, ergriff ihn
eine leidenschaftliche Erregung. In den folgenden
Monaten führte er Gespräche mit den Kuratoren der
orientalischen Sammlungen des Metropolitan Museum und des British Museum. Im Januar zeigte man
ihm im Metropolitan Museum eine zweiundzwanzig
Meter lange Bilderrolle, eine Auftragsarbeit des chinesischen Kaisers aus dem Jahr 1690. David kniete
vier Stunden vor dem Pergament mit dem Titel *Day
on the Grand Canal with the Emperor Of China* und
studierte jedes noch so winzige Detail, jede noch so
zierliche Gestalt. Er konnte seine Begeisterung kaum
zügeln. Diese Entdeckung führte seine beiden Passi-
onen zusammen, die Malerei und die Musik, denn sie
ermöglichte ihm den Zugang zu einer anderen Form
der Kunst, in der es, wie in der Musik, Melodien,
Kontrapunkte, Crescendi und Diminuendi gab und
die in der Dimension der Zeit erfahrbar war.

Zurück in Los Angeles, stürzte er sich voller Elan
in die Arbeit an einem großen Gemälde, das einen
Besuch bei seinen Freunden Mo und Lisa darstellte.
Der wechselnde Betrachterstandpunkt verhalf dazu,

sich durch das Bild zu bewegen. Dann malte er einen Gang durch das Haus von Christopher und Don, ausgehend vom Atelier, in dem Don gerade den Blick aufs Meer malte, bis in Christophers Arbeitszimmer am anderen Ende des Flurs, wo Dons fertiges Gemälde an der Wand hing. David deutete die Figuren nur als Silhouetten an, damit sie nicht vom eigentlichen Sujet ablenkten, der Erkundung des Raums, der Bewegung durch die Zeit. In einer Explosion von Formen und Farben siegten diesmal warme Farbtöne über kalte Farben, und der Blick wurde angezogen und absorbiert, ohne dass man genau wusste, was man vor sich hatte.

Nur sehr ungern riss sich David davon los, um mit Gregory und Graves im Museo Tamayo in Mexico City an der Vernissage der Ausstellung seiner Bühnenentwürfe teilzunehmen. Auf dem Rückweg blieb der Wagen in der Wüste liegen, und die drei Männer mussten fünf Tage in dem reizlosen mexikanischen Nest Acatlán auf die Reparatur warten. Graves und Gregory ertränkten ihre Langeweile im Tequila, der nimmermüde David dagegen war hingerissen vom Hotelinnenhof und sann schon über das nächste Gemälde nach. Es sollte in umgekehrter Perspektive den Gang eines einsamen Hotelgasts rund um den Innenhof darstellen. Eine menschliche Gestalt war nicht vorgesehen, denn die Person im Inneren des Bildes wäre der Betrachter, den David mittels dieser neuen Art der Raumdarstellung ins Bild hineinversetzte.

Sein Name wurde immer bekannter. Jahr für Jahr widmeten ihm Städte auf der ganzen Welt

Ausstellungen. Das Bild *A Visit with Mo and Lisa*, das Emmerich verkaufte, erzielte eine sechsstellige Summe. Davids älterer Bruder Paul, von Beruf Buchhalter und eine Zeitlang Bürgermeister von Bradford, hatte die politische Arena verlassen und führte mittlerweile Davids Geschäfte. Die Brüder trafen eine wichtige Entscheidung: David würde keiner Galerie mehr Exklusivrechte überlassen, sondern über die Geschicke seiner Bilder von nun an selbst bestimmen. Er wäre endlich Herr im Haus.

Alle anderen Aspekte des Lebens hatte er nicht unter Kontrolle. Ian zog mit einem jungen Schauspieler zusammen, und auch wenn dies eine natürliche Entwicklung war, hatte sie einen bitteren Beigeschmack, der David an Peters Verrat erinnerte. Seine beiden engsten Pariser Freunde starben kurz nacheinander an Aids. In dem Monat, in dem der zweite beerdigt wurde, fiel Christopher in Los Angeles einem Krebsleiden zum Opfer. Er war in einem «normalen» Alter gestorben, mit zweiundachtzig, nach einem langen, erfüllten Leben, und doch hinterließ sein Tod in David eine Leere, die dem Ausmaß seiner Zuneigung entsprach. Enge Freunde in Los Angeles, New York, London, Paris litten an Aids und hatten nur noch wenige Monate oder Jahre zu leben. Ann und Graves beschlossen, nach England zurückzukehren, obwohl David sie inständig gebeten hatte, es sich noch einmal zu überlegen: Was wollten sie in dem tristen London? Ann bekräftigte, dass der Umzug nach Los Angeles ihr das Leben gerettet hatte, und war David unendlich dankbar dafür, aber jetzt verspürte sie den Wunsch, zu ihren Wurzeln zurückzukehren. Trotz mehrerer Anläufe hatte sie nie den Führerschein gemacht, und ohne Auto war sie in L.A. zu abhängig. Obwohl David ihre Gründe verstand, fühlte er sich im Stich gelassen. In dem Dankesbrief, den sie ihm nach ihrer Abreise schrieb, las er Worte, die ihn verblüfften: «Im Grunde bist du eine Insel, David. Dein Mechanismus zieht sich von alleine auf.»

Er wollte keine Insel sein. Er liebte Gesellschaft. Er wünschte sich eine Familie, Freunde, Menschen um sich her, damit er nicht so viel an jene denken musste, die tot waren oder sterben würden. Dann verließ ihn auch noch der letzte. Gregory, der eine einmonatige Entziehungskur hinter sich gebracht hatte, erklärte eines Abends, er müsse aus der Montcalm Avenue ausziehen, wenn er nüchtern bleiben wolle.

«Unsinn. Rühr einfach keine Flasche mehr an.»

«David, du trinkst jeden Abend. Freunde kommen, sie nehmen Drogen. Es ist unmöglich, da standhaft zu bleiben.»

«Ach was. Ich helfe dir.»

«Du hörst mir nicht zu. Ich habe eine Wohnung am Eco Park gefunden, in der Nähe von Mo und Lisa. Ich ziehe morgen aus.»

«Bist du verrückt? Und ich?»

«Du denkst immer nur an dich! Für mich geht es um Leben und Tod.»

«Findest du nicht, dass du übertreibst? Hat der Therapeut, den ich bezahle, dir diese Ideen in den Kopf gesetzt?»

«Wir können trotzdem noch zusammen arbeiten.»

«Wenn du gehst, kommst du mir nie mehr über diese Schwelle.»

Am nächsten Morgen packte Gregory die Koffer.

Gregory, der seit zehn Jahren sein Leben teilte, auf den er immer zählten konnte, dem er unzählige Male geholfen hatte, dessen Arztkosten er übernommen und dessen Beleidigungen er sich ohne bleibenden Groll angehört hatte, Gregory, dem er immer seine Freiheit gelassen hatte, verriet ihn nun auch, gerade als Ian ihm endlich das Feld überlassen hatte. David war so gekränkt, dass er ihm durch ein offizielles Schreiben seines Bruders kündigte, wie einem gewöhnlichen Angestellten, den Hausschlüssel zurückverlangte und ihn aufforderte, die Auslagen für die Klinikrechnungen zurückzuzahlen. Der Kummer machte ihn schäbig.

Nur die Arbeit rettete ihn vor der Einsamkeit, in die ihn seine zunehmende Schwerhörigkeit, der Tod der Freunde, die Abreise von Ann und Graves, der Bruch mit Gregory und die Angst vor den fatalen Folgen der Sexualität stürzten. Wenn er sich auf ein Blatt, eine Leinwand oder einen Bildschirm konzentrierte, fühlte er sich nicht mehr allein. Das Vergnügen an einem neuen Gerät weckte die Lust am Spiel, und er vergaß alles andere. Er kaufte einen Computer, auf dem er mit einem elektronischen Stift zeichnen konnte. Es war, als könne er mit Licht malen, eine außergewöhnliche Erfahrung. Mit einem neuartigen Fotokopiergerät konnte er Bilder vergrößern oder verkleinern und sogar Gegenstände fotokopieren. Man konnte also mit einem einfachen Bürokopierer Kunst schaffen. Bald darauf konnte er seine Kamera direkt an den Drucker anschließen und nach Belieben, so oft und so schnell er wollte, seine eigenen Lithographien auf das Papier von Arches drucken, das er aus Frankreich importierte.

Er war ununterbrochen beschäftigt. Die französische Zeitschrift *Vogue* gab ihm Carte blanche für vierzig Seiten, und er akzeptierte, denn das verschaffte ihm eine großartige Gelegenheit, seine Ansichten zum Kubismus und zur Perspektive darzulegen und zu erklären, dass es keine Verzerrung der Realität war, wenn Picasso Dora Maar mit drei Augen und zwei Nasen malte, sondern im Gegenteil eine sehr intime Wirklichkeit: das Gesicht, das der Künstler sah, wenn er sich ihm näherte, um es zu küssen. An der San Francisco Opera sollte die *Zauberflöte* wiederaufgenommen werden, und für die Los Angeles Opera entwarf er das Bühnenbild zu *Tristan und Isolde*. Für *Vanity Fair* realisierte er die bislang komplexeste seiner Fotocollagen, *Pearblossom Highway*, eine Straßenkreuzung in der Wüste, bei der selbst die Straßenschilder aus mehreren Fotografien bestanden und man deutlich erkennen konnte, wie viel lebendiger und echter die Landschaft durch die Veränderung der Perspektive aussah. Mit großem Eifer bereitete er die zweite Retrospektive seiner Arbeiten vor, die in zwei Jahren im LACMA, dem Los Angeles County Museum of Art, eröffnen sollte.

Und noch etwas tat er: Er kaufte die Nachbarvilla und versuchte Celia zum Einzug zu überreden.

Doch Celias halbwüchsige Söhne weigerten sich, in die USA umzusiedeln, und außerdem musste sie sich um ihre alte Mutter kümmern. Schließlich bot er das Haus Ian und dessen neuem Freund an, die es im Sommer '87 dann auch bezogen. Warum konnte man Eifersucht, Bitterkeit, Groll und alle anderen negativen Gefühle nicht einfach mal beiseiteschieben? Warum nicht einfach Freunde sein? War Ian, dieser entzückende Junge, nicht fast eine Art Sohn? David hatte das unglaubliche Glück gehabt, von Aids verschont zu bleiben. Er brauchte keinen Sex mehr. Freundschaft genügte ihm. Zu seinem fünfzigsten Geburtstag im Juli schenkte ihm Ian einen jungen Dackel, den Nachkommen seines eigenen Vierbeiners. David hatte nie ein Haustier besessen, sein Nomadenleben zwischen mehreren Kontinenten hatte das nicht zugelassen. Dass ihm einmal ein Hund ans Herz wachsen könnte, wäre ihm nie in den Sinn gekommen. Er verliebte sich auf der Stelle in den Welpen und wusste selbst nicht, wie ihm geschah. Er nannte ihn Stanley, als Reverenz an seinen Vater, der ein Faible für den Schauspieler Stan Laurel gehabt hatte, und besorgte ihm bald einen kleinen Gefährten, damit er nicht so allein war. Nun hatte er einen guten Grund, das Reisen einzuschränken und mit seinen geliebten Dackeln zu Hause zu bleiben. Zu Neujahr organisierte er mit Ian zusammen eine große Party, bei der sich die Generationen mischten. Nach langer Zeit hallten die Wände des Hauses in der Montcalm Avenue wieder einmal von Musik, Gelächter und Lärm wider, und der einzige Wermutstropfen war der Diebstahl eines Porträts von Celia in Picasso-Manier, das mit großer Sicherheit einer von Ians jungen Gästen hatte mitgehen lassen. Das Bild tauchte nie wieder auf.

Die Ausstellung, die im April '88 im LACMA begann, war eine Rückschau auf dreißig Arbeitsjahre. Als David am Eröffnungstag durch die Säle schlenderte, die mit seinen Zeichnungen, Farbradierungen, Porträts, großformatigen kalifornischen Gemälden, Fotocollagen, Bühnenentwürfen und sogar Bildern aus seinem eigenen Drucker gefüllt waren, fragte er sich, ob sein Œuvre nicht eine ähnliche Zielrichtung erkennen ließ wie das von Proust, das er dann doch noch gelesen hatte und das wie eine Kathedrale um eine spirituelle Suche herum konstruiert war: die Suche nach der verlorenen Zeit, nach der Verbindung zwischen unseren verschiedenen «Ichs», die nach und nach in steter Folge entstanden und vergingen. War er, David, nicht von Anfang an auf der Suche nach der verlorenen Bewegung gewesen? Er hatte schon immer zum Vergnügen gemalt, war gegen alle Widerstände kompromisslos seinen Impulsen gefolgt, seinen ureigenen Sehnsüchten treu geblieben. Enthielt der Begriff «Vergnügen», der geringgeschätzt und als Oberflächlichkeit abqualifiziert wurde, nicht eine wesentliche Botschaft? War er nicht gleichbedeutend mit Leben? War er nicht der Grund, warum er einen Malstil aufgab, wenn er sich mit ihm zu langweilen begann, also das Leben daraus wich? Hatte er nicht immer eine gefühlsmäßige Verbindung, eine Emotion gebraucht, um malen zu können, und war Emotion, etymologisch gesehen, nicht dasselbe wie Bewegung und damit Leben? Sein Œuvre war demnach nicht nur ein Zufluchtsort, an den er sich vor dem Leiden zurückzog, sondern ein Bauwerk, das mithalf, die Malerei zu retten, eine Kunst, die man durch Fotografie und Kino vom Ruin bedroht glaubte. Sie bewies, dass die Malerei die kraftvollste, echteste Kunst war, denn sie beinhaltete Erinnerungen, Emotionen, Subjektivität, Zeit. Das Leben. In diesem Sinne bewahrte sie auch vor dem Tod.

Für eine Ausstellung in Arles, die van Gogh gewidmet war, malte David den berühmten kleinen Stuhl des Künstlers in umgekehrter Perspektive. Die «falsche» Perspektive gab dem Stuhl – vergleichbar den kubistischen Bildern, die den Prozess der Wahrnehmung aufzeigten – eine so menschliche und anrührende Dimension, dass er gleich noch ein Bild von ihm malte und es den Exponaten der LACMA-Retrospektive hinzufügte, als sie nach einer Station in New York im Oktober nach London kam. Vor der Tate standen die Menschen Schlange. Das Telefon hörte nicht auf zu klingeln. Die Öffentlichkeit nahm die Ausstellung mit Begeisterung auf. Die Kunstkritiker äußerten sich nicht durchgehend negativ, aber sie nannten David «den verlorenen Sohn der zeitgenössischen Malerei» und karikierten ihn als drögen, hinterwäldlerischen Schulmeister, wenn er wieder einmal über die Tyrannei der Perspektive vom Leder zog. Seine Werke entlockten ihnen keine Jubelschreie, ihre Huldigungen blieben

Damien Hirst vorbehalten, dem neuen Jungstar der britischen Kunstszene.

Ihre Vorbehalte weckten in David den alten Kampfgeist. Eine Bande von Reaktionären hütete säbelrasselnd die Pforten der «Kunst»? Er würde ihnen schon zeigen, wozu ein Bursche aus Yorkshire mit Wohnsitz in Los Angeles fähig war! Sie gaben sich elitär? Dann gab er sich egalitär. Radikal. Er würde die Kunst allen Menschen zugänglich machen. Im vorangegangenen Jahr hatte er bereits einen subversiven Akt gewagt, als er zehntausend Exemplare einer speziell zu diesem Zweck geschaffenen Radierung von einem aufspringenden Ball mit der Lokalzeitung von Bradford verteilen ließ. Diesmal würde er noch weiter gehen.

Er hatte eine Einladung zur Biennale von São Paulo erhalten und beschloss, sein Exponat per Fax zu schicken. Henry, der Kurator der Ausstellung, fand die Idee originell, die Organisatoren der Biennale glaubten an einen Gag.

David scherzte nicht.

Da die Telefonleitungen nach Brasilien nicht sehr verlässlich waren, schickte er seine Arbeit von seinem Atelier aus zu einem anderen Fernkopierer in Los Angeles. Dann flog sein Assistent mit den Fax-Ausdrucken im Koffer nach São Paulo. David kam nicht mit. Da es sich um eine Fax-Ausstellung handelte, beantwortete er auch Interviewfragen per Fax.

Der Fernkopierer war das Telefon der Schwerhörigen. Seit seine Schwester Margaret, ebenso eingeschränkt wie er, ihm zum Kauf eines der ersten

Geräte auf dem Markt geraten hatte, faxte er jeden Tag Zeichnungen an seine Freunde und Verwandten auf den zwei Kontinenten. Häufig bestanden sie aus mehreren Blättern, die der Empfänger bei der Ankunft zusammensetzen musste. Erst vier Blätter, dann acht, dann vierundzwanzig, und so weiter.

Am 10. November 1989, dem Tag nach dem Fall der Berliner Mauer, schickte David ein aus 144 Seiten bestehendes Fax mit dem Bild eines stilisierten Tennismatchs an die Galerie, die sein junger Freund Jonathan Silver, mittlerweile ein wohlhabender Geschäftsmann und Kunstmäzen, in ihrer gemeinsamen Heimatstadt Bradford in einer alten Salzfabrik eröffnet hatte. Seine Absicht war es, dort Davids Radierungen auszustellen. David stand in Kalifornien im Atelier, nur sein Assistent war bei ihm, und sie fütterten in aller Ruhe im Morgenlicht den Kopierer mit den Blättern, die Tausende Kilometer entfernt im selben Moment zu nächtlicher Stunde an einem Ort eintrafen, an dem sich um die hundert Personen versammelt hatten, die lachend, applaudierend und Wein trinkend mithalfen, das riesige Puzzle zusammenzusetzen. Es war für David ein aufregender Gedanke, dass seine Kunstobjekte imstande waren, Entfernungen aufzuheben, den Tag mit der Nacht und mehrere Kontinente miteinander zu verbinden. Besser konnte man gegen die Einsamkeit nicht ankämpfen. Es war seine Art, Mauern einzureißen.

Mo, sein erstes Modell, sein Ex-Liebhaber, sein Freund und Assistent, war erneut dem Alkohol verfallen, als seine Frau ihn verlassen hatte, und starb mit siebenundvierzig. Nick, sein erster Freund und Galerist in Los Angeles, starb mit einundfünfzig in New York an Aids, so wie auch ein anderer enger Freund, Kasmins Partner in London. Dann traf es einen jungen Mann mit noch nicht achtunddreißig. Er arbeitete in Emmerichs Galerie und hatte mithilfe seiner Kontakte eine Million Dollar für Aidskranke gesammelt. Die Kunstwelt wurde dezimiert. Wenn David jetzt ins Flugzeug stieg, dann meist, um an Trauerfeiern teilzunehmen. Die Übriggebliebenen trafen sich in Kirchen, Synagogen und auf Friedhöfen. So viele starben, dass die Trauernden bald keine Tränen mehr hatten. Henry, der sich mit aller Kraft für die Belange der Aidsopfer einsetzte, blieb verschont. Gott sei Dank. Ian dagegen gestand David eines Abends, er sei HIV-positiv. David nahm ihn in die Arme und kämpfte mit den Tränen.

«HIV-positiv bedeutet noch nicht Aids. Du bist jung, Ian. Du wirst es überstehen. Sie werden einen Impfstoff finden.»

Etwas anderes durfte man weder sagen noch denken.

Inmitten dieses Massensterbens trat ein neuer Mann in Davids Leben. John hatte er einige Jahre zuvor bei einem gemeinsamen Freund in London kennengelernt und nach Kalifornien eingeladen. Im folgenden Jahr war er dort tatsächlich mit seinem damaligen Freund aufgetaucht. Nun hatte ihm der junge Mann, Koch von Beruf, geschrieben und nach Arbeit gefragt. Er kam nach Los Angeles, und es dauerte nicht lange, bis David dem Charme des großen, attraktiven, sinnlichen und humorvollen Dreiundzwanzigjährigen erlag, der die besten Fish and Chips der Welt zubereitete und alle Genüsse liebte – Essen, Zigaretten, Drogen, Alkohol, Sex, Schwimmen. John versöhnte ihn wieder mit seinem Körper. Er brachte eine Vitalität mit, die David mit seinen zweiundfünfzig dringender brauchte denn je. Er war nicht mehr allein. Ein Mann lebte bei ihm, mit dem er reden, lachen, essen und schlafen konnte. Und was für ein Mann! Wenn er den gestählten Oberkörper seines Liebhabers betrachtete, seine muskulösen Schultern, seine Arme, sein Gesäß, das an einer Statue von Michelangelo nicht fehl am Platz gewesen wäre, konnte er sein Glück kaum fassen. Ein Prachtexemplar, wie wohl keines mehr seinen Weg kreuzen würde.

David lebte bereits seit einem Jahr mit John zusammen, als er sich eines Abends außergewöhnlich erschöpft fühlte. Als er vom Sofa aufstand und ins Bett gehen wollte, wurde er auf der Treppe ohnmächtig. John hatte alle Mühe, ihn auf die Beine zu stellen, und brachte ihn sofort in die Notfallambulanz. Ein Herzinfarkt. Wäre er allein zu Hause gewesen, hätte das sein Ende bedeutet. Die schnelle Versorgung und eine koronare Angioplastie retteten ihm das Leben.

Als er das Krankenhaus verließ, empfahlen ihm die Ärzte Ruhe. Arbeit war verboten.

Das konnte nur ein schlechter Scherz sein.

Die Menschen, die ihm nahestanden, waren durch Unfälle, an Altersschwäche, an Alkoholmissbrauch, Krebs oder Aids gestorben. Ihn hatte die Arbeit, von jeher seine Verbündete gegen den Tod, fast zugrunde gerichtet.

Nein, sie *hatte* ihn zugrunde gerichtet. Den Tod bezwingt man nicht. Er hatte die Schlacht verloren. Etwas in ihm kapitulierte. Als er nach dem chirurgischen Eingriff nach Hause kam, war er ein anderer geworden. Gelöst, distanziert. Er hatte nicht mehr das Bedürfnis, zu kämpfen, zu siegen, die Welt von irgendetwas zu überzeugen. Vielleicht hatte er zu viel gewollt.

Zwei Jahre zuvor hatte er in Malibu ein Haus aus den Dreißigerjahren gekauft, das Ian zufällig an einem Strandabschnitt entdeckt hatte, an dem Hunde frei laufen durften. Da es einem Maler gehört hatte, gab es bereits ein Atelier. Es war das kleinste, in dem David je gemalt hatte, aber er fühlte sich wohl darin. Er stellte ein Laufband auf, um die von den Ärzten empfohlenen Übungen zu machen, ging jeden Tag mit den Hunden am Strand spazieren, änderte seine Ernährung und hielt sich an die Diät, die John für ihn kochte. Dieser war unversehens gegenüber seinem wesentlich älteren Geliebten in eine fast väterliche Rolle geraten. Als David nach der Operation in der Klinik aufgewacht war, hatte er als Erstes Gregory angerufen, der sofort ans Krankenbett geeilt war. Sie söhnten sich aus, und Gregory fing wieder an, für ihn zu arbeiten. So war das Leben nun einmal, ein stetiges Auf und Ab. In seinem Atelier in Malibu malte David kleine imaginäre Landschaften, inspiriert von den Bewegungen des Meeres, die er durch das Fenster sah, und von der Musik von Richard

Strauss' Oper *Die Frau ohne Schatten*, für die er mit Gregory zusammen das Bühnenbild gestaltete. Seinen vierundzwanzig Bildern gab er zum ersten Mal keinen Titel, sondern nannte sie *Very New Paintings*. Konnte man sie als abstrakte Gemälde bezeichnen? Welche Rolle spielte das überhaupt? Die Unterscheidung zwischen abstrakter und gegenständlicher Kunst existierte ohnehin nur in der westlichen Welt.

Auf dem Rückweg von Chicago, wo er mit John, seinen beiden Hunden und seinen beiden Assistenten an den Beleuchtungsproben zu *Turandot* teilgenommen hatte, kampierten sie mit ihrem Wohnmobil für eine Nacht im Monument Valley. David stand sehr früh auf, um den Sonnenaufgang zu fotografieren. Am Horizont kündigte sich mit dunklen Wolken ein schwerer Sturm an, aber als die Sonne aufging, erglänzten die Felsen wie mit flüssigem Gold übergossen. Ein Blitz durchzuckte den dunklen Himmel, und vor ihm wölbte sich ein vollkommener Regenbogen. Es fehlte nur noch, dass Moses auf einem Felsen erschien und zur Menge predigte! Der atemberaubend schöne Sonnenaufgang wirkte wie Balsam für seine Seele, denn in den Tagen davor hatte das Wohnmobil in der Wüste eine Panne gehabt, und das ständige Gekläff der Hunde hatte Davids Assistenten in dem engen Fahrzeug an den Rand des Wahnsinns getrieben. Schönheit wog alles auf. Die Konflikte. Selbst den Tod.

Tony Richardson, der Freund mit dem Haus in Südfrankreich, in dem David so wunderbare Sommer verbracht hatte und der ihn in Los Angeles zu so vielen Essen im vertrauten Kreis eingeladen hatte, starb mit vierundsechzig in Paris an Aids. Und eines Abends rief ihn Henry mit ungewohnt ernster Stimme an. Nein, nicht Aids, sondern Krebs, wie bei Christopher. Dann ging alles sehr schnell. Nur wenige Monate später saß David am Sterbebett des Freundes und zeichnete ihn bis zum letzten Moment. Henry war neunundfünfzig, nur zwei Jahre älter als David, aber er sah aus wie ein Greis. Seine runden Wangen waren eingefallen, sein Gesicht blass und abgezehrt. Doch sein Verstand war noch so glasklar wie immer. Und auch seine Eitelkeit war nicht verschwunden. «Zeichne mich», bat er David noch kurz vor dem Ende.

Henry war Davids bester Freund, seit er ihm 1963, einunddreißig Jahre zuvor, bei Andy Warhol begegnet war. Wann immer sie gemeinsam in eine Stadt kamen, gingen sie in die Oper. Henry war der Freund, der jeden kannte, der David nahestand und über jedes Ereignis in seinem Leben informiert war, der die Entstehung jedes seiner Werke miterlebt hatte, mit dem er täglich telefonierte und der da gewesen war, als Byron, Joe, Christopher und all die anderen starben, der Freund, der ihn immer beraten und nie ein Blatt vor den Mund genommen hatte. Im Verlauf von drei Jahrzehnten hatten sie nur ein einziges echtes Zerwürfnis gehabt, und nach der Versöhnung hatte sich ihre Freundschaft nur noch weiter gefestigt. Sie hatten gemeinsam Tränen gelacht, in New York, in London, in Los Angeles, auf Korsika, in Paris, in Berlin, in Lucca, in Martha's Vineyard, auf

Fire Island, in Alaska … Innerlich schmunzelnd erinnerte sich David an den Tag, an dem er Henry in London zum Dinner bei einer alten, schwerhörigen Sammlerin mitgenommen hatte, deren Mutter, eine enge Freundin von Oscar Wilde, den homosexuellen Dichter 1897 bei seiner Entlassung vom Zuchthaus abgeholt hatte. Sie klingelten an der Tür, die alte Dame öffnete und Henry wandte sich an David und fragte mit dröhnender Stimme: «Habe ich das richtig verstanden? Oscar Wilde war ihre Mutter?» David bog sich vor Lachen und konnte der alten Dame den Grund nicht erklären. Ohne Henry war die Welt ein Stück freudloser geworden.

David malte kleine Bilder von Blumen und Gesichtern befreundeter Menschen. Eine Ausstellung, die er «Flowers, Faces and Spaces» nannte (wer wagte es noch, Blumen zu malen und auszustellen?), eröffnete in London in einer neuen Galerie, denn Kasmin hatte nach dem Tod seines Partners seine Räumlichkeiten geschlossen. «Er ist auf dem absteigenden Ast», urteilten die Kunstkritiker ungnädig.

Die Totenklage ertönte immer weiter. Ossie wurde in seiner Wohnung von einem Ex-Liebhaber erstochen. Davids guter Freund Jonathan Silver, der wie er aus Bradford stammte und nach Henrys Tod sein Ansprechpartner am Telefon geworden war, erkrankte an Bauchspeicheldrüsenkrebs und hatte nur noch wenige Monate zu leben. Es war wie ein Fluch. Jonathan war erst achtundvierzig.

Die schwarze Serie hatte 1979 mit seinem Vater angefangen. Dann Byron, 1982, und Joe, 1983. Nach

'86 ging es Schlag auf Schlag. Ein, zwei, drei, vier Freunde pro Jahr. In Paris, London, New York, Los Angeles. Keine Stadt, kein Kontinent blieb verschont. Überall lauerte der Tod, wie im Mittelalter zur Zeit der großen Pest.

Vielleicht wurde der Tod überschätzt.

Kurz vor seiner Reise nach Mexiko im Jahre 1984 hatte David ein Buch über die rituellen Praktiken der Azteken gelesen. Montezuma, so wurde darin beschrieben, betrat einen Tempel, riss fünf, sechs Personen das Herz aus dem Leib und trat bluttriefend ins Freie, um sein Gespräch mit dem spanischen Botschafter fortzusetzen, dem Mann, den er für einen Gott hielt und der seine Kultur zerstören sollte. Der Spanier, entsetzt über diese Praktiken, hielt den Azteken für einen Barbaren, und dem europäisch geprägten Leser des Buches erging es nicht anders. Doch vor dem Tempel standen fünfundzwanzigtausend Menschen Schlange, weil sie der Ehre teilhaftig werden wollten, sich vom Herrscher das Herz herausreißen zu lassen. Für diese Menschen existierte der Tod nicht.

Vielleicht war der Tod gar keine Tragödie, vielleicht bestand kein Grund, ihn zu fürchten. Er gehörte zum Leben. Es war sinnlos, gegen ihn anzukämpfen. Man musste ihn umarmen. Und Werke schaffen, die das Herz der Menschen mit Freude erfüllten. Was die Kritiker davon hielten, hatte nicht die geringste Bedeutung. Ohnehin würden nur die Namen einiger weniger Künstler überdauern. Rembrandt, Vermeer, Goya, Monet, van Gogh, Picasso, Matisse – sie alle hatten den Menschen ihre Sicht der Welt geschenkt, eine Sicht, die bezauberte. Die Kunst durfte niemanden ausschließen, so wenig wie die Religion. Sie musste universell sein.

In Malibu malte David weiter. John, sein Koch und Liebhaber, verließ ihn nach einem Streit. Er war neunundzwanzig Jahre jünger als David, es war der natürlichste Vorgang der Welt. David war nicht allein, denn er hatte seine Hunde, die anhänglichsten und abhängigsten Freunde, die es gab. Durchs Fenster blickte er auf das unaufhörliche Wogen des Pazifiks. Wenn er die Küchentür öffnete, brandeten zu seinen Füßen die Wellen an den Strand. Seit Jahrmillionen kam und ging das Meer auf diese Weise. Seine Dackel standen neben ihm und blickten ebenfalls aufs Wasser hinaus. Sie interessierten sich nicht für den Fernsehschirm, auf dem sie vermutlich nur Lichtpunkte und flache Schemen wahrnahmen. Das stete Auf und Ab der Wellen dagegen schien sie zu hypnotisieren. David malte die Bewegungen des Meeres. Und er malte seine Hunde.

# V

# WEISSDORNBLÜTE

Wie war er nur in einen solchen Schlamassel geraten?

«Wenn Hockneys These korrekt ist und es vor den optischen Instrumenten keine großen Künstler gab, wäre das so, als hätte man herausgefunden, dass alle großen Liebenden der Geschichte Viagra genommen haben!»

Susan Sontag sprach mit einer so durchdringenden Stimme, dass selbst der schwerhörige David sie mühelos verstand. Lautes Gelächter hallte durch das Auditorium. Am hinteren Ende des Saales pfiff sogar jemand. Der Chairman Larry schwenkte die Krücke, die an seinem Sitz lehnte. Sein Ischias erwies sich als nützlich.

«Ruhe, bitte! Wir sind hier in einem Kolloquium, nicht im Zirkus!»

«Da David Hockney nicht so gut zeichnet wie die alten Meister», fuhr Susan Sontag ruhiger fort, «folgert er, dass sie optische Geräte benutzt haben müssen. Er hat aus seiner persönlichen Erfahrung eine Theorie abgeleitet. Das ist ein sehr amerikanisches Vorgehen. Er ist wirklich einer von uns geworden!»

David lächelte. Als die berühmte amerikanische Intellektuelle zu Ende gesprochen hatte, applaudierte das Publikum minutenlang. Dann stellte Larry

als nächste Rednerin Linda Nochlin vor, eine weiß-
haarige Professorin und Autorin zahlreicher bedeu-
tender Publikationen. Mitten in ihrem Vortrag stand
sie auf und holte unter ihrem Stuhl ein Kleidungs-
stück hervor, das in einer durchsichtigen Plastikhülle
steckte. Das Publikum reckte neugierig die Hälse.
Sie hängte an der Wand gut sichtbar ein kurzes weißes Kleid auf, dessen Muster aus großen, rechtecki-
gen, an den Kanten abgerundeten blauen Formen es
als Modell aus den 1960er Jahren auswies.

«Das ist mein Hochzeitskleid. Ich habe 1968 geheiratet.»

Die Studierenden, Professoren, Kunsthistoriker,
Journalisten, Künstler und Kolumnisten, die sich am
frühen Morgen am Cooper Square angestellt hatten,
um einen der begehrten vierhundert Plätze zu ergattern, warteten gespannt auf die Pointe.

«David», erklärte Linda Nochlin mit einem Blick
zu dem Genannten, «Sie sagen, dass es an uns ist, die
Gegenbeweise zu liefern. Bitte sehr.»

Mit einer theatralischen Geste zog sie das Tuch
von einem großen Bild, das an der Wand lehnte. Es
zeigte einen Mann neben einer jungen Frau, die ein
Kleid mit geometrischen Mustern trug, das exakt
dem Kleid an der Wand glich und im selben Maßstab
gemalt war. David begriff sofort, worauf sie hinaus-
wollte: Sie wollte beweisen, dass man das Muster
eines Kleides auch ohne optische Hilfsmittel präzise
abbilden konnte. Was überhaupt nichts bewies.

«Das ist mein Hochzeitsbild von Philip Pearlstein.
Philip?»

Der amerikanische Maler trat zu ihr ans Podest.

«Philip, hast du ein optisches Instrument benutzt oder deine eigenen Augen?»

«Meine Augen.»

Nochlin wandte sich an David:

«Sehen Sie? Manche sind dazu fähig.»

Noch lauterer Applaus brandete auf als bei Susan Sontag. Jemand rief:

«Die alten Meister sind keine Betrüger, Hockney!»

Larry musste aufs Neue seine Krücke schwenken und damit drohen, den Störenfried aus dem Saal entfernen zu lassen.

David schüttelte den Kopf. Er hatte die alten Meister nie der Mogelei beschuldigt. Ein optisches Instrument war nichts weiter als ein Hilfsmittel, niemand konnte allein mit ihm Gemälde schaffen. Doch drei Jahre zuvor hatten ihn in einer Londoner Ausstellung mit Ingres-Zeichnungen die unglaubliche Präzision und sichere Strichführung der ausgestellten Werke fasziniert. Er hatte sich den Katalog gekauft und nach der Rückkehr in die USA die Reproduktionen auf seinem Fotokopierer vergrößert, damit er sie genau studieren konnte. Bei einem der Porträts hatte er an Warhols Zeichnung von einem Handrührgerät denken müssen, für die der Künstler einen Diaprojektor benutzt hatte. Hockney glaubte plötzlich zu wissen, dass Ingres für seine Porträts ein optisches Hilfsmittel verwendet hatte, und zwar die 1807 erfundene *Camera lucida*. Nach Jahren intensiver Recherche, für die er eine riesige Wand in seinem Atelier mit Reproduktionen von

Porträts zugepflastert hatte, war er zu der Überzeugung gelangt, dass die europäischen Maler seit
Jahrhunderten optische Hilfsmittel verwendeten. Er
konnte sogar ein genaues Datum für den Beginn
dieses Verfahrens nennen, das Jahr 1434, in dem van
Eycks *Arnolfini-Hochzeit* entstanden war. Damals
existierte die optische Linse zwar noch nicht, aber
ein auf Optik spezialisierter Physikprofessor von der
Universität Tucson, Arizona, versicherte David, dass
ein Konkavspiegel denselben Zweck erfüllen konnte.

Die Recherche fesselte ihn, denn sie offenbarte eine
Kontinuität zwischen dem 15. und dem 20. Jahrhundert: Die optische Linse war der Vorläufer des Foto-
apparats. Bis zum Kubismus hatte in der europäischen Kunst die Zentralperspektive vorgeherrscht.
David veröffentlichte seine Theorien im Oktober in
einem gemeinsam mit dem Professor aus Tucson ver-
fassten Buch. Sein Titel lautete *Geheimes Wissen.
Verlorene Techniken der Alten Meister wiederentdeckt von David Hockney* und löste in Amerika wie
in Europa einen wahren Sturm der Entrüstung aus.
Nichts, aber auch gar nichts, protestierten die Kunsthistoriker lautstark, deute auf das Vorhandensein op-
tischer Instrumente in den Ateliers der alten Meister
hin. Sie beschuldigten ihn, die Verdienste der großen
europäischen Maler schmälern zu wollen. Nur wenige Künstler und Wissenschaftler stärkten ihm den
Rücken. Das Kolloquium war organisiert worden,
um Bilanz zu ziehen. Die Waagschale neigte sich ein-
deutig in eine bestimmte Richtung, und David fühlte
sich, als werde ihm der Prozess gemacht. Die Mehr-

zahl der Fachleute attackierten ihn wie Kardinäle bei einem Inquisitionsgericht, das darüber entschied, ob der Ketzer auf den Scheiterhaufen kam oder nicht.

Ein Prozess, in der Tat. Welches Tabu hatte er verletzt, dass die Kunsthistoriker derartig geschlossen über ihn herfielen? Wovor hatten sie Angst? Ihr Wunsch, sich mit der Kunst in einer idealen Welt zu verschanzen, war erschreckend, aber auch faszinierend. Mit seinem Bemühen, die Kunst unters Volk zu bringen, kam sich David ein wenig vor wie Robin Hood. Doch andererseits fand er es beruhigend, dass künstlerische Fragestellungen im Dezember 2001 eine so leidenschaftliche Kontroverse auslösen konnten, denn schließlich waren seit den Ereignissen, die die Welt veränderten, nur drei Monate vergangen, und das Auditorium lag nur dreißig Fußminuten von den Twin Towers entfernt. Aber wieso saß er überhaupt in diesem stickigen Saal, obwohl es ihn mit aller Macht in sein Atelier zog? Gut, er hatte die Kontroverse selbst angezettelt. Und nun musste er zugeben, dass sie ihn langweilte.

Die vorletzte Rednerin erhob sich. Rosalind Kraus, Professorin an der Columbia University, Herausgeberin von *October* und Doyenne der zeitgenössischen Kunstkritik, war berüchtigt für ihre Bissigkeit. Sie projizierte vergrößerte Details aus dem Ingres-Porträt und der Warhol-Zeichnung, auf die sich Davids Behauptung stützte, auf eine Leinwand. Dann wies sie darauf hin, dass Warhols Strich, kraftlos und immer gleich breit – infolge der eingesetzten Technik –, keineswegs dem von Ingres glich, der sich abwechselnd verbreiterte und verengte. Ein intelligentes Argument. Das Publikum applaudierte lange.

Nun war David an der Reihe. Der krönende Abschluss. Er ging auf das Vortragspult zu. Auf seinem T-Shirt prangten in Großbuchstaben die Worte «I know I'm right». Ein paar Anwesende kicherten, dann wurde es still, während er die Brille zurechtrückte. Man hätte eine Stecknadel fallen hören. Niemand wollte auch nur eine Silbe von den Argumenten verpassen, die der berühmte Maler zu seiner Verteidigung anbringen würde, nachdem seine Unwissenheit so überzeugend entlarvt worden war.

«Ich habe heute viel gelernt», begann er in seinem langsamen Sprachduktus und blickte über die Brille hinweg auf das Publikum, «und ich danke allen Beteiligten. Diese Maler sind bewundernswert. Die Wahrheit ist, dass man nie wissen wird, wie sie es gemacht haben.»

Er verstummte. Alle hingen an seinen Lippen.

«Jetzt bin ich müde und möchte gern wieder malen gehen.»

Er stieg vom Podest, das Publikum saß da wie versteinert. Er gab sich geschlagen, nun gut, aber diesem Abgang fehlte so jeder dramatische Elan.

Er gab sich keineswegs geschlagen. Seine Überzeugungen waren nicht erschüttert. Die Sonne stand im Zentrum des Universums, und diese Erkenntnis hatte sich durchgesetzt, ohne dass Galilei auf dem Scheiterhaufen verbrannt war.

David war tatsächlich sehr erschöpft. Die Recherchen hatten ihn drei Jahre seines Lebens gekostet, in denen er nur eine Porträt-Serie gemalt hatte, um seine Theorie zu illustrieren. Dazu hatte er eine Camera lucida verwendet, nach dem Modell von Ingres' Instrument. Drei Jahre vorher war seine Mutter im Alter von achtundneunzig Jahren gestorben, umgeben von vier ihrer fünf Kinder. Als sich das Jahr neigte und das erste Weihnachtsfest näher rückte, das er seit zweiundsechzig Jahren ohne seine Mutter feiern würde, war David in tiefe Niedergeschlagenheit verfallen. Gregory hatte ihn vor einer drohenden Alkohol- und Drogensucht gerettet, indem er ihn zur Erholung in die Baden-Badener Thermen geschickt hatte. Auf dem Rückweg hatte er in London John getroffen, der ebenfalls auf der Durchreise war. Mit dreiunddreißig war John immer noch lebhaft, lustig, sinnlich und warmherzig, aber deutlich gereift, und das Wunder geschah, an das David nicht mehr geglaubt hatte: Sie verliebten sich noch einmal neu ineinander. John zog bei David in Los Angeles ein und wurde erneut sein Lebensgefährte und Koch.

Ein paar Monate später hatte sich John gefragt, ob David etwa ernsthaft krank war. Er war häufig müde und schlief sogar während des Essens ein, zu Hause, aber auch in Gesellschaft. Einige Tests sollten Gewissheit bringen, und sie warteten angespannt auf die Resultate. Hatte er Krebs, wie Christopher, Henry und Jonathan? Nein, es war eine akute Bauchspeicheldrüsenentzündung, nichts Lebensbedrohliches, aber er musste künftig auf Alkohol und Koffein verzichten. Dann war Dackel Stanley gestorben, sein erster geliebter Vierbeiner, mit vierzehn Jahren.

Anschließend hatten John und David monatelang einem guten Freund in L.A. Beistand geleistet, der langsam und qualvoll an Aids starb. David wusste, was seine langen Recherchen in Wahrheit befeuert hatte: Der alte Kampfgeist, der durch sie reaktiviert worden war, hatte ihm die nötige Energie gegeben, die er zur Bewältigung der Trauer um seine Mutter, um Stanley und seinen Freund brauchte. Jetzt war es an der Zeit, wieder mit dem Malen zu beginnen. Er war vierundsechzig. Wo war sein großes Werk?

Sechs Jahre zuvor hatte Premierminister John Mayor der Tate eines seiner Gemälde abgekauft, um es in Downing Street 10 aufzuhängen. Eine große Ehre. Aber es handelte sich um *My parents*, ein Bild aus dem Jahr 1975. Hatte David in den zwanzig Jahren danach denn nichts ähnlich Gutes geschaffen?

Mit fortschreitendem Alter wusste er immer weniger, wo die Quelle seiner Inspiration sprudelte.

Zum letzten Mal hatte ihn die Lust am Malen vor vier Jahren gepackt, als er im Sommer 1997 für seinen Freund Jonathan Ansichten von East Yorkshire gemalt hatte. Jonathan lag im Sterben und äußerte als letzten Wunsch, David möge ein Gemälde schaffen, das ihre heimatliche Landschaft aus Hügeln und Äckern verewigte, deren bescheidene Schönheit andere Maler ignorierten. David wohnte in dieser Zeit bei seiner alten Mutter in Bridlington und fuhr fast täglich die anderthalb Stunden zu seinem leidenden Freund. Er kurvte durch die Landschaften seiner Jugend, die Dörfer Fridaythorpe und Sledmere, vorbei an Feldern und Bauernhöfen, auf denen er als Jugendlicher ausgeholfen hatte. Mit diesen Orten fühlte er sich verbunden. Beim Malen wandte er sein Prinzip der wechselnden Perspektiven auf seine farbenfrohen, fast naiv wirkenden Bilder von Yorkshire an, die nicht einfach Landschaften abbildeten, sondern seinen Weg von zu Hause bis zu Jonathan nachvollzogen.

Nach Jonathans Tod kehrte er nach Los Angeles zurück und malte noch eine Weile Ansichten von Yorkshire aus dem Gedächtnis weiter, bis er zu einem gewaltigen Gemälde überging, das aus sechzig kleinen Leinwänden zusammengesetzt den Grand Canyon zeigte und fast zwei auf sieben Meter maß, bislang sein größtes Format. Nach diesem letzten kreativen Schub hatte es nur noch die Porträts mit der Camera obscura oder Camera lucida gegeben.

Im Anschluss an das New Yorker Kolloquium hatte er keine Lust mehr, in Los Angeles zu bleiben, wo gerade sein Freund gestorben war. In dieser Phase der Ungewissheit beschloss er, nach London zu fliegen und dem Wunsch von Lucian Freud zu entsprechen, der seit Jahren sein Porträt malen wollte. Freud brauchte ihn um die hundert Stunden als Modell, und David hatte dazu nie die Zeit gefunden. Nun konnte er die Arbeitsweise eines großen Künstlers aus der Nähe verfolgen und auf sich wirken lassen.

Zwei Monate lang beobachtete er Freud und dessen ganz andere Vorgehensweise beim Malen, sehr langsam und scheinbar ebenso chaotisch wie sein Atelier, aber in Wirklichkeit akribisch genau und tiefgründig, und er sah sich im Holland Park um, den er zwei

Mal täglich auf dem Weg von Pembroke Gardens zu Freuds Haus in der Kensington Church Street durchquerte. Von Ende März bis Ende April ließ er den aufkeimenden Frühling auf sich wirken, den er in den Jahrzehnten in Kalifornien ganz vergessen hatte.

Er betrat den Park am Ilchester Place und verließ ihn auf der Höhe des Duchess of Bedford Walk. Jeden Tag derselbe Weg und doch jeden Tag anders. Ihm war früher nie aufgefallen, wie viele verschiedene Bäume, Sträucher, Blätter und Blumen es gab. Die Farben leuchteten in Kalifornien vielleicht stärker, aber sie hatten weniger Nuancen. In Großbritannien erzeugte der Nebel eine ganze Palette von Grüntönen und schier unendliche Abstufungen. Manche Bäume, wie die Kirschbäume, die Apfelbäume und die Magnolien, waren bereits mit weißen oder zartrosa Blüten übersät, andere trugen gerade erst Knospen und einen zarten Spitzenbesatz aus Myriaden winziger Blättchen, die sich von Tag zu Tag entfalteten. Die Äste der Kastanien, Ahornbäume und Buchen wiederum wurden von der Fülle der hellgrünen Blätter schier zu Boden gedrückt, die Eschen und Trauerweiden mit ihren ineinander verschlungenen Ästen schließlich ließen sich viel Zeit, wie Lucian Freud, und schienen es nicht eilig zu haben, den Winter hinter sich zu lassen. Die Luft war erfüllt vom Duft der Rosen, der Thymiansträucher, der Salbei- und Lorbeerbüsche.

Nach all den Erschütterungen durch den 11. September, den Tod seines Freundes und die allgemeine

Brutalität und resignative Stimmung in der Welt hatte David nicht erwartet, dass die Monate in London so erfreulich verlaufen würden. Ab acht Uhr morgens strotzte der Park nur so von Leben, und das bei jedem Wetter: Kinder in Schuluniformen rannten die Wege entlang und spielten mit bunten Bällen, Hunde liefen frei herum, Knospen sprangen auf und Bäume wurden grün und vibrierten vor Vitalität, nicht weniger als die Schüler und die Hunde, deren Geschrei und Gebell er nicht hörte. Man musste wohl schwerhörig sein und die Umgebung allein durch die Augen wahrnehmen, damit man jedes Detail mit einer solchen Schärfe registrierte. David war entspannt wie schon lange nicht mehr. Wie konnte ein einfacher englischer Park in ihm ein größeres Glücksgefühl auslösen als die atemberaubenden Ausblicke auf den Grand Canyon oder die Wüste? Er war fast enttäuscht, als Freud ihm mitteilte, das Porträt sei fertig. Ein ausgezeichnetes Porträt übrigens.

War es dieser Zustand ungetrübten Glücks, der ihn zum Aquarell führte, zu dieser Lieblingstechnik der Sonntagsmaler, die er stets sorgsam gemieden hatte?

Anscheinend wurde er langsam kindisch.

Es geschah Anfang Mai in New York, wo der Frühling sich mehr Zeit ließ als in England. Als er eines Tages aus dem Fenster seines Hotelzimmers auf die knospenden Bäume blickte, die von Tag zu Tag grüner wurden, hatte er plötzlich das Bedürfnis, sie zu malen – und zwar mit Aquarellfarben. Nach London zurückgekehrt, malte er den Blick auf den Garten der Pembroke Studios und natürlich Holland Park. Es dauerte sechs Monate, bis er die Technik meisterte. Das Aquarell verlangte Schnelligkeit und die Fähigkeit, wie beim Schachspiel fünf Arbeitsschritte im Voraus zu planen, denn nachträglich ließ sich nichts mehr korrigieren. Nach mehr als drei Schichten verloren die Farben ihre Lebendigkeit. Er musste also gleichzeitig malen und zeichnen. Nach der Natur, mit der er begonnen hatte, wechselte er zu Porträts. In aller Eile malte er dreißig große Doppelporträts, täglich fast eines, bei denen er die Modelle vor einem hellgrünen Hintergrund jeweils auf dieselben Bürostühle setzte. Als die Bilder in der National Portrait Gallery ausgestellt wurden, nannten die Kritiker sie unausgewogen, unbeholfen und karikaturistisch. Doch er selbst spürte, dass das Aquarellieren durch die Notwendigkeit zum schnellen Malen, die seine Hand zu einem ununterbrochenen Bewegungsfluss animierte, etwas in ihm befreite. Wie vor zwanzig Jahren, als er mit den Fotocollagen begonnen hatte, war ein Prozess in Gang gekommen, der ihn weiterführen würde, auch wenn er noch nicht wusste, wohin. Er musste sich lediglich bereithalten. Dazu zog es ihn nach Los Angeles zurück, an den Ort, der ihn seit Jahrzehnten bei der Arbeit inspirierte. Im Februar 2003 flog er mit John nach Kalifornien und beschäftigte sich in seinem Atelier an der Montcalm Avenue weiter mit Aquarellfarben. Er wartete.

Doch er hatte den Zufall nicht einkalkuliert. Im Mai flog John für eine Woche nach London, um dort Verschiedenes zu erledigen; bei der Rückkehr wurde er in L.A. am Zoll abgefangen, verhört, festgehalten und wieder nach England zurückgeschickt. Sein Visum war ein oder zwei Tage vor der Einreise abgelaufen, und nach dem 11. September hatten sich die Einreisebestimmungen deutlich verschärft. David ging davon aus, dass dieser lächerliche Vorfall ihn Zeit und Geld kosten würde, mit mehr rechnete er nicht. Er telefonierte mit seinen Anwälten, mit Sammlerfreunden, die Kontakte zur Bush-Regierung hatten, mit Prominenten in seiner Heimat. Er war einer der bekanntesten lebenden britischen Maler, doch die amerikanischen Behörden machten keine Ausnahmen. Selbst wenn der Beweis erbracht wurde, dass John nicht im Mindesten eine terroristische Bedrohung darstellte, durfte er nicht in die USA zurückkehren, zu David. Auf einmal fand sich David mit einer Realität konfrontiert, die ihm fremd war – die raue Lebenswirklichkeit all jener Immigranten, die tagtäglich verhaftet und mit Waffengewalt von einer Stunde auf die andere abgeschoben wurden, obwohl sie in Amerika geborene Kinder, ein Haus, eine Arbeitsstelle hatten. Wenn sie seinen Partner auswiesen, dann wiesen sie auch ihn aus, denn ohne John konnte er nicht leben.

So sah es also aus in dem Land seiner Wahl. Dem Land der großen Freiheit. Wo war das Kalifornien seiner Jugend geblieben? Nach dem ‹Patriot Act› war nun auch der ‹Clean Indoor Air Act› in Kraft getreten, ein Gesetz, das das Rauchen an öffentlichen Orten verbot und die individuelle Freiheit noch ein Stück weiter einschränkte. Zum Wohl der Bürger, behaupteten die Gesundheitsfanatiker, die den

Tabak durch Antidepressiva ersetzt hatten und sich die Nase zuhielten, wenn sie eine Zigarette in der Hand des rebellischen alten Mannes sahen, selbst wenn sie gar nicht brannte. Picasso rauchte und starb mit einundneunzig, Matisse rauchte und starb mit vierundachtzig, Monet rauchte und starb mit sechsundachtzig. Davids Vater, ein militanter Rauchgegner, war mit fünfundsiebzig tot. Noch Fragen?

Er kehrte nach Großbritannien zurück.

Der ‹Patriot Act› hatte ihn aus dem Land vertrieben, das ihn seit drei Jahrzehnten inspirierte. Er konnte nicht einmal mehr frei entscheiden, wo er leben wollte. Ein Maler galt nichts in der heutigen Welt, er war eine Nussschale ohne Steuerruder, die die Wogen hin und her warfen.

Er zog sich für den Sommer nach Bridlington zurück, eine Küstenstadt in Yorkshire – wo er in dem Backsteinhaus in Strandnähe wohnte, das er für seine Mutter gekauft hatte –, damit er seiner Schwester Margaret beistehen konnte, deren Lebensgefährte schwerkrank war. Nach dessen Tod blieb er, um ihr Gesellschaft zu leisten. Jeden Tag unternahmen Bruder und Schwester lange Autofahrten über Land, und David fühlte sich besonders von den Wolds angesprochen, einem geschwungenen Hügelzug aus Kreidegestein, den er noch aus seiner Kindheit kannte. Sie trafen auf ganz wenige Menschen, nur ein paar Bauern, keine Touristen, und Bridlington lag weit genug von London entfernt, um ihm unliebsame Störungen zu ersparen. John, der sich David seit dessen Entschluss, seinetwegen die USA zu verlassen, noch inniger verbunden fühlte, zog zu ihm nach Yorkshire. Dazu kam ein junger französischer Akkordeonist, den David auf Empfehlung von Ann und ihrem Mann als Assistent angestellt hatte. Jean-Pierre, genannt JP, war zweifellos der einzige echte Pariser in Bridlington. Er betätigte sich als Chauffeur und kutschierte David kreuz und quer durch die Umgebung. Hier und da hielten sie an, David nahm ein Leporello aus Japanpapier zur Hand und skizzierte etwas. Die fast menschenleere hügelige Landschaft, die durch keinen Strommast und keine Werbetafel verunstaltet wurde, gefiel ihm immer besser. In anderthalb Stunden konnte er ein ganzes Notizheft mit Zeichnungen von Grashalmen füllen. Beim Zeichnen eines Grashalms lernte er, ihn zu *sehen,* anders als beim Fotografieren, denn es brauchte Zeit, wenn man etwas genau studieren und ein Bewusstsein für Raum entwickeln wollte. Im Gegensatz zu den Landschaftspanoramen für Jonathan stellten seine neuen Aquarelle keinen Blick in die Ferne und keine Route durch die Landschaft dar, sondern die bewirtschafteten Felder entlang der Straße und die wechselnden Farben der Jahreszeiten.

Im Frühjahr 2005, bei einem kurzen Aufenthalt in Los Angeles, bekam David plötzlich Lust, Porträts in Öl zu malen. Nach der jahrelangen Beschäftigung mit Aquarellen erlebte er diese Technik als ausgesprochen ergiebig und einfach. Warum hatte er auf sie verzichtet? Zurück in Bridlington, malte er auch weiterhin Landschaften, aber nun in Öl. Dass ihn eine große Energie und Freude beseelte, war unübersehbar. Seit seinen Spaziergängen durch den Holland Park im April 2002, seitdem ihm diese Gnade zuteilgeworden war – denn so empfand er die Erfahrung in der Tat, als Gnade im religiösen, spirituellen Sinn –, kristallisierte sich das Sujet immer deutlicher heraus. Es wurde *heiß*, wie es in dem Kinderspiel hieß, bei dem man sich mit verbundenen Augen einem Ziel näherte. Von Ackerflächen ging er zu Bäumen über. Ein Weg, von Bäumen gesäumt, deren Äste sich einander zuneigten und ein natürliches Gewölbe bildeten, hatte es ihm besonders angetan, und er malte ihn in verschiedenen Jahreszeiten mit einem wachen Blick für jede neue Nuance von Licht und Farbe. Er konnte sich nichts Schöneres vorstellen als die Jahreszeiten. In ihnen zeigte sich das Prinzip der Veränderung in seiner ursprünglichsten Form. Sie waren das Leben selbst.

Er malte im Freien, direkt vor dem Motiv, wie die Maler der Schule von Barbizon im 19. Jahrhundert. Im Winter mussten JP und er mehrere Schichten Kleidung übereinander tragen, sodass sie wie Michelin-Männchen aussahen. Im Sommer war das Licht zwischen sechs und neun Uhr morgens am schönsten, deshalb standen sie entsprechend früh auf. Wenn es regnete, spannte JP einen großen Schirm auf, und manchmal wies das Bild Spuren von Regentropfen auf. David kaufte einen Toyota Pick-up, einen Geländewagen, wie ihn das Militär in Afghanistan benutzte, damit sie bei jedem Wetter jeden beliebigen Weg befahren konnten. Sie bauten hinten ein Spezialgestell ein, damit sie die Leinwände flach lagern konnten, wenn sie noch nicht trocken waren. Dass sie so handfeste Probleme lösen mussten, gefiel David sehr, denn es erinnerte ihn an die Pfadfinderlager seiner Kindheit. Doch vor allem stellte er fest, dass er immer besser *sah*, je mehr er malte. Und je besser er sah, je präziser und intensiver er wahrnahm, desto größere Lust zum Malen hatte er.

Der Wechsel von einem Kontinent zum anderen veränderte seine Sichtweise und brachte neue Ideen mit sich. Das war ihm schon häufiger aufgefallen. In Los Angeles, wo er im Juli 2006 die große LACMA-Retrospektive seiner Porträts erlebte, hängte er Reproduktionen seiner Landschaften an die längste Wand seines Ateliers. Jedes Bild bestand aus sechs Leinwänden, und neun dieser Assemblagen hingen nebeneinander. Als er sie aus einiger Entfernung betrachtete, fiel ihm auf, dass sie wie ein einziges gewaltiges Bild aus vierundfünfzig Einzelteilen aussahen, und er fragte sich, wie ein so großes Werk wohl zu realisieren sei. Ein Gemälde, das mehr als vier auf zwölf Meter maß. Es hätte gewaltige Dimensionen, wäre fast doppelt so groß wie sein bislang größtes Werk, *A Bigger Grand Canyon*. Ein so monumentales Bild konnte das menschliche Auge nicht entwerfen, der Computer sehr wohl. Seine Schwester, die sich mit der neuen Technologie auskannte, hatte ihm gezeigt, wie er seine Aquarelle einscannen konnte, wenn er sie an seine Freunde in London und Los Angeles schicken wollte. Der Scanner bot auch jetzt die Lösung des Problems: Erst würde David eine Zeichnung anfertigen, diese dann in gleich große Rechtecke zerschneiden, sie einscannen und auf dem Bildschirm ein Puzzle erzeugen. Später konnte er die Teile nacheinander malen, ohne auf eine Leiter steigen zu müssen, und hatte trotzdem das Gesamtbild vor Augen.

Euphorisch kehrte er nach Bridlington zurück. Als Erstes galt es, ein passendes Motiv zu finden. Mit JP zusammen begab er sich auf die Suche. Sie rollten gemächlich über die Straßen der Umgebung, und irgendwann entdeckte David an einem Waldrand nahe dem Dörfchen Warter eine Baumgruppe um einen sehr alten, sehr breiten Berg-Ahorn, der sich ehrwürdig wie ein Patriarch über die anderen erhob. Die Äste der Bäume verzweigten sich tausendfach, verschränkten sich miteinander, ohne sich zu berühren, und reckten sich himmelwärts. Die komplizierten Linien, die an Blutgefäße oder Gehirnwindungen erinnerten, strebten in alle Richtungen und hielten sich nicht an die Gesetze der Perspektive.

Er hatte sein Motiv gefunden. Er würde einen Baum malen, ganz einfach. Fast lebensgroß. Der Baum würde das Herzstück des Gemäldes sein, nicht mehr die Straße, wie in den Bildern von seinen Fahrstrecken. Bäume waren Helden. Sie dienten in aller Bescheidenheit dem Menschen, indem sie Sauerstoff freisetzten, mit ihrem Holz wärmten und Schatten spendeten. Ein Baum verkörperte den Lebenszyklus, denn er hüllte sich nacheinander in Knospen, Blätter, Blüten, Früchte, Schnee. Kein Baum war dem anderen genau gleich. Durch das lange Betrachten entstand in David ein Gefühl von Nähe zu den Bäumen, als seien sie seine Freunde. Ihre krummen Äste und knotigen Stämme erinnerten ihn an die arthritischen Hände seiner Mutter, die gegen Ende ihres Lebens nicht einmal mehr auf einen Lichtschalter drücken konnte. Überhaupt ähnelten die Bäume seiner Mutter: geduldig, heiter, verwurzelt, aufopferungsvoll. Sie strahlten etwas Ruhiges, Geheimnisvolles, Majestätisches aus.

Er rief die Chefkuratorin für zeitgenössische Kunst an der Royal Academy an und bat sie, ihm die große Rückwand der Gallery III für die Sommerausstellung zu reservieren. Die meisten der hundert Teilnehmer wollten ihre Werke an diese Wand hängen, und die Kuratorin musste erst noch das Ausstellungsgremium und den Verwaltungsrat von seinem Wunsch überzeugen. Er musste sie auf seine Seite bringen.

«Ich werde das größte Pleinair-Gemälde aller Zeiten schaffen, Edith, und das größte, das in der zweihundertneununddreißigjährigen Ausstellungsgeschichte der Royal Academy je gezeigt wurde.»

Seine Begeisterung entsprang nicht der Gewissheit, dass er Rekorde brechen würde, sondern dem Bewusstsein, dass sein großes Werk näher rückte. Groß nicht nur im Hinblick auf die Höhe und Breite, sondern auch hinsichtlich des Sujets und der Bedeutung. Er würde das größte Bild seiner Laufbahn malen, das Gemälde, auf das alles andere hingeführt hatte.

Er musste sich beeilen, denn vom Winter blieben nur noch wenige Wochen, und in dieser Jahreszeit hatte er höchstens sechs Stunden Tageslicht zur Verfügung. Doch er wollte seinen Baum unbedingt im Winter malen, wenn die Äste, befreit von ihrer drückenden Blätterlast, voller Leben waren, sich frei und leicht zum Himmel hoben und mit ihm ein Gespräch zu führen schienen. Nichts war eleganter und würdevoller als ein Baum im Winter.

David wünschte sich, dass die Menschen beim Betreten des Ausstellungsraums eine Art religiöser Ehrfurcht empfänden, als beträten sie eine Kathedrale. Das Gemälde sollte die Betrachter umfangen und in ihnen eine intuitive Empathie mit dem Werk auslösen. Aus diesem Grund musste es so groß sein. Das Format erinnerte den Menschen daran, wie winzig er angesichts der Unendlichkeit war. David wollte Raum darstellen, etwas viel Geheimnisvolleres als die Oberfläche, die eine Fotografie zeigen konnte.

Er hatte so viel zu tun, dass er seinen ehemaligen Assistenten aus Los Angeles kommen ließ. Daneben stellte er einen Achtzehnjährigen ein, den John bei einem Barbecue kennengelernt hatte und der manchmal die Hunde ausführte, um sich etwas Taschengeld zu verdienen. Außerdem mietete er einen über 1000 Quadratmeter großen Hangar im Gewerbegebiet von Bridlington, damit er sein Werk in seiner Gesamtheit begutachten konnte.

Das Leben war ein Puzzle, in dem, entgegen allen Vermutungen, nichts dem Zufall überlassen blieb. David fing gerade erst an zu begreifen, wie sich die Teile aneinanderfügten. Im großen Buch der Natur stand geschrieben, dass er nach Jahrzehnten in

Kalifornien in das Land seiner Vorfahren und seiner Kindheit zurückkehren würde, um für sein Meisterwerk einen Baum zu malen. Eine Verkettung von Umständen, so folgerichtig wie ein mathematisches Axiom, hatte ihn an diesen Punkt geführt: die neuen, sehr rigorosen Einreisebestimmungen der USA, die John nach England zurückkatapultiert hatten, seine Liebe zu John, die den Anstoß zu seiner eigenen Rückkehr gegeben hatte, seine zunehmende Taubheit, die seine Sehkraft schärfte, der Tod seiner Mutter, die Affinität seiner Schwester zu technischen Neuerungen, der Umweg über das Aquarell, der ihn der Natur näher gebracht hatte, die Monate, in denen er für Lucian Freud Modell gesessen und dessen Langsamkeit und Präzision studiert hatte, der tägliche Gang durch den Holland Park, dessen frühlingshafte Verwandlung ihn bezaubert hatte.

Das Gemälde, das schließlich in der Royal Academy ausgestellt wurde, war genauso imposant, wie er es sich erhofft hatte, und die Museumskuratorin bot ihm an, 2012, wenn in London die Olympischen Spiele stattfinden würden, eine große Ausstellung mit Landschaftsgemälden für ihn zu organisieren. Fünf Jahre blieben zur Vorbereitung.

Es gab so viel zu sehen, so viele verschiedene Formen und Farben festzuhalten, dass er gar nicht wusste, wo anfangen. Regentropfen, die in eine Pfütze fielen, genügten, um ihn zum Stift greifen zu lassen. Im Frühling entzückte ihn die Weißdornblüte. Sie dauerte nur zwei Wochen, in denen er kaum schlief. Wie konnte man auch nur eine Sekunde eines solchen

Wunderwerks verpassen? Das schönste Licht gab es zwischen fünf und sechs Uhr morgens, also musste man vor Sonnenaufgang aufbrechen. Wie Monet in Giverny standen David und JP um fünf Uhr früh auf. Über Nacht verwandelte sich das Grün auf wunderbare Weise in Weiß, ein Weiß, das nach und nach das Grün vollständig überdeckte, ein Weiß aus Abertausenden zarter Blüten, die lieblich nach Honig dufteten. Eine Eruption der Blütenblätter von einem so satten Weiß, dass man sich unwillkürlich an ein Sahne-Eclair erinnert fühlte, und so malte David dieses Weiß denn auch – als eine Delikatesse, von der man am liebsten gekostet hätte. Die Natur verwandelte sich in ein rauschendes Fest und erfüllte alle Sinne. In Japan pilgerten jedes Jahr Tausende zur Kirschblüte, in Yorkshire standen David und JP als Einzige staunend vor der Weißdornblüte. Zwei Wochen lang malte David praktisch ununterbrochen und musste sich anschließend ins Bett legen, weil er, ohne es zu merken, krank geworden war und hohes Fieber bekommen hatte. Im folgenden Frühjahr ging er noch einen Schritt weiter. Die Weißdornsträucher nahmen fantastische, fast anthropomorphe Formen an und neigten sich der Straße zu, als wollten sie den Spaziergänger verschlingen.

Er war siebzig, bald einundsiebzig und fühlte sich quicklebendig. «Würden die Pforten der Wahrnehmung gereinigt, erschiene den Menschen alles, wie es ist: unendlich», hatte der Dichter William Blake geschrieben. Das Alter war die Zeit der großen Reinigung, die Zeit, in der man das Bedürfnis verspürte, die Schönheit vor dem Vergessen zu bewahren, die man erst dann richtig würdigen konnte, wenn man mit sexueller Lust und gesellschaftlichem Ehrgeiz abgeschlossen hatte. Nach Ansicht der Chinesen war die Malerei ohnehin die Kunst der alten Menschen, weil ihre Erfahrungen – mit der Malerei, der Beobachtung, dem Leben – sich im Laufe ihrer Existenz angereichert hatten und in ihren künstlerischen Werken in Erscheinung traten. Auch David entdeckte zu guter Letzt die Unendlichkeit des Universums, aber nicht in der Wüste und nicht im Panoramablick am Nordrand des Grand Canyon oder vom Gipfel des Garrowby Hill, sondern in den nackten Ästen der Bäume, in einem Grashalm, in der Blüte der Weißdornbüsche. Er wollte die Natur nicht mehr mit seinem Blick beherrschen, er hatte gelernt, sie in Demut von unten zu betrachten und unter Verzicht auf sein Ego mit ihr zu verschmelzen, als hätten ihn die Weißdornblüten in ihre Mitte genommen. Zum ersten Mal bot ihm nicht die Arbeit die Chance, sich selbst zu vergessen, sondern die Betrachtung der Natur.

In der New Yorker Frick Collection fiel ihm eines Tages ein Gemälde von Claude Lorrain auf. Es trug den Titel *Die Bergpredigt* und war bei einem Brand beschädigt worden, weshalb dunkle Farbtöne vorherrschten. Auf dem Gemälde stand Jesus, von seinen Jüngern umgeben, auf einem Felsen und sprach zu den Schäfern in der Ebene. Man sah die Szene nicht aus dem Blickwinkel von Jesus, sondern dem eines Schäferpaars im Vordergrund, das von unten zugleich den Berg in der Bildmitte, den sehr klein dargestellten Jesus und den gewaltigen Himmel betrachtete. Das Werk bewirkte etwas Außerordentliches: Es lenkte den Blick nach oben, zum eigentlichen Sujet des Bildes, dem Himmel. Hier erkannte David seine eigene Sichtweise wieder. Er malte eine Serie von zwölf Variationen des Lorrain-Gemäldes, in immer kräftigeren, fast schon psychedelischen Farben. Wieder einmal bediente er sich eines vorhandenen Gegenstands, bearbeitete ihn und erweckte ihn durch seine Farben und seine Vitalität zu neuem Leben.

Dieselbe frenetische Energie, die andere in die Drogensucht trieb, entlud sich bei ihm in kreativen Schüben, die nun schon Jahre andauerten, ohne dass sich ein Nachlassen abzeichnete. Margaret brachte ihm den Umgang mit dem iPhone bei, sodass er mithilfe der Mal-Software «TwistedBrush» mit dem Daumen auf seinem iPhone zeichnen konnte. Es bereitete ihm großes Vergnügen und er fühlte sich wie ein Kind, das mit Fingerfarben experimentiert. Das iPhone hatte den unschätzbaren Vorteil, dass er darauf am frühen Morgen malen konnte, wenn es draußen noch dunkel war und künstliches Licht die subtilen Nuancen des Sonnenaufgangs ruiniert hätte. Jeden Morgen malte er nun den Sonnenaufgang und schickte die Bilder an seine Freunde in London, New York und Los Angeles. Bestimmt hätte – davon war er überzeugt – van Gogh die kleinen Skizzen am Rand seiner Briefe an Theo auf dem iPhone gezeichnet, wenn er eines besessen hätte, und auch Rembrandt hätte sich der neuen Technologie bedient. Als Steve Jobs ein Jahr später das iPad auf den Markt brachte, kaufte sich David umgehend ein Tablet. Der Bildschirm war vier Mal so groß wie der des iPhones, man konnte darauf nicht mehr nur mit dem Daumen, sondern mit allen Fingern oder einem Stift malen. Mit dem neuen Gerät konnte er an Ort und Stelle festhalten, was immer seinen Blick fesselte: ein Aschenbecher voller Zigarettenkippen, eine Lampe und ihr Spiegelbild im Fenster, der Wasserhahn am Waschbecken, seine Mütze auf einem Tisch, sein Fuß neben dem Schuh beim Aufstehen, ein Blumenstrauß. Er ließ sich große Innentaschen in seine Jacken nähen, damit er das Tablet bei jedem Wetter mitnehmen konnte.

Mit High Definition Kameras, die JP an den Seiten des Toyota befestigte, filmte er während einer langsamen Fahrt entlang der Landstraße aus neun Blickwinkeln die Veränderungen in der Natur und stellte daraus ein multimediales Werk mit einer hypnotisierenden Vielzahl von Projektionen her, das er *The Four Seasons* nannte. Aber er kam auch ganz ohne Technologie aus. Er malte weiterhin Bäume und kleidete einen hohen Baumstumpf, der einem Totempfahl ähnelte und zu dem er eine große Zuneigung gefasst hatte, in Violett ein wie einen Kardinal. Er schmückte gefällte, am Straßenrand aufgestapelte Bäume mit schönen, leuchtenden Farben, sodass ihre Schnittflächen aussahen wie pulsierendes Fleisch. Er schuf ein gewaltiges Gemälde aus zweiunddreißig Tafeln, das in stilisierter Form die Ankunft des

Frühlings darstellte, der Jahreszeit also, in der jede Pflanze, jede Knospe und jede Blume, ja, die gesamte Natur sich zu einer einzigen großen Erektion aufzurichten schien. Wollte der amerikanische Kritiker Clement Greenberg allen Ernstes behaupten, dass man heutzutage keine Landschaften mehr malen konnte? David würde ihn widerlegen und ein Genre auf die Landkarte der Kunst platzieren, das seit Constable und Turner nicht mehr als zeitgemäß galt.

Glück entstand nicht aus Erfolg und auch nicht aus der Befriedigung, sich gegen alle Widerstände durchgesetzt zu haben (kurz vor seinem fünfundsiebzigsten Geburtstag verlieh ihm die Queen einen Verdienstorden, den nur vierundzwanzig Personen in ganz Großbritannien erhalten hatten und den er, obwohl er sich nichts aus Orden machte, annahm, weil er nicht hätte ablehnen können, ohne die Königin zu brüskieren, und er ein höflicher Mensch war). Und auch Geld war kein Glücksgarant. Seine Bilder erzielten mittlerweile abenteuerlich hohe Summen, und David war sehr reich geworden, aber sein Vermögen diente lediglich dazu, das Leben komfortabler zu gestalten, und verhalf nicht zu dem Wesentlichen, der Freude am Malen. Glück entstand durch Arbeit und aus dem Bewusstsein, dass das Unendliche im Auge des Betrachters lag. Aber vor allem entstand es durch Freundschaft.

David war umgeben von einem Kreis der Getreuen, die für ihn in Los Angeles und London tätig waren. Er bestand aus Gregory, Graves und einigen anderen Menschen, zu denen er absolutes Vertrauen hatte. Dann gab es die Familie, den Bruder und die Schwester, die noch in Yorkshire lebten und denen er über die Jahre hinweg eng verbunden geblieben war – Margeret, die in seiner Nähe wohnte und die er fast täglich sah, und Paul, der eine Stunde entfernt als Rentner lebte. Und am Ort, in Bridlington, existierte der engste Kreis, der endlich das Gespenst der Einsamkeit verjagt hatte. Sein Team. Eine kleine Zahl guter Freunde, die in dem drei Minuten vom Meer entfernten Backsteinhaus seinen Alltag teilten, sich um ihn kümmerten, ihn nie verlassen würden.

John kaufte jeden Tag Blumen, die er in den verschiedenen Räumen des Hauses kunstvoll arrangierte, führte die Hunde aus und kochte ausgezeichnete Mahlzeiten, die er in dem Esszimmer mit karminroten Wänden servierte. Er sorgte wie eine Mutter für das Team. Sein Zimmer lag im ersten Stock, durch einen Flur von Davids Zimmer getrennt. JP war Davids erster Assistent, eine Art erwachsener, selbstständiger Sohn. Er bewohnte ein Studio im Erdgeschoss und fuhr übers Wochenende oft nach London, wo er eine Wohnung in der Nähe des Bahnhofs St. Pancras besaß. Seine Aufgabe bestand darin, David durch die Umgebung zu chauffieren, und dieser war froh, einen so geduldigen Mitstreiter gefunden zu haben, dessen Blick sich mit den Jahren geschärft hatte und der inzwischen die Landschaft ebenso hingerissen bewunderte wie er selbst. Ein weiterer Assistent kam mehrmals wöchentlich ins Haus, um technische Fragen zu beantworten und Computerprobleme zu lösen. Und dann gab es noch Dominic, genannt Dom, das Nesthäkchen, einen jungen Mann aus Bridlington, den John als Siebzehnjährigen bei einem Barbecue kennengelernt hatte. Er arbeitete seit der Entstehung von *Bigger Trees Near Warter* für David. Jetzt war er dreiundzwanzig, hatte sein Studium unterbrochen, um sich ganz David widmen zu können, und brachte seine jugendliche Energie und Frische ins Team ein. Als David sein Porträt malte und ihm als Zeichen seines Vertrauens einen Hausschlüssel überließ, zeigte er seine Freude so unverhohlen, dass sich David an Byrons Begeisterungsfähigkeit erinnert fühlte, obwohl der blondgelockte, sportliche Dom mit dem dunkelhaarigen, schmalen Byron äußerlich keine Ähnlichkeit hatte.

Sie waren eine Familie.

Und mehr als das. Eine Gemeinschaft selbstständig denkender und handelnder Menschen. In einer Welt, in der das Individuum von den Medien, dem Internet und der Regierung immer stärker kontrolliert wurde, hatte David eine Insel der Freiheit geschaffen. Sein Haus in Bridlington war die letzte Zuflucht der Bohème. Sie konnten rauchen, trinken und sich so viele künstliche Paradiese schaffen, wie sie wollten, solange sie anderen Menschen nicht damit schadeten. John und David hatten ihre sexuelle Beziehung schon Jahre zuvor, als David einundsiebzig war, einvernehmlich beendet. John und Dominic waren ein Paar. Dom war fünfundzwanzig Jahre jünger als John, John neunundzwanzig Jahre jünger als David. Letzterer konnte keinen Alkohol mehr trinken, keine harten Drogen mehr konsumieren, hatte keine nennenswerte Erektion mehr, litt aber keineswegs unter Eifersucht, sondern freute sich über die erotische «Übertragung» unter seinem Dach. Die Toleranz war ein vom Aussterben bedrohtes Gut. Hinter den Backsteinmauern des Hauses mit den Erkerfenstern verbarg sich ein Garten Eden.

Eine solche Freiheit ließ sich mit dem Älterwerden nur schwer bewahren, denn das Alter kettete viele an rigide Gewohnheiten und flößte ihnen diffuse Ängste und kleinliche Bedenken ein. Das hatte David erst vor Kurzem festgestellt, als er sich nach langen Jahren zum ersten Mal wieder in New York mit Peter zum Essen verabredet hatte. Sein Ex-Liebhaber lebte immer noch mit dem Dänen zusammen, für den er David verlassen hatte, und die beiden zehn Jahre jüngeren Männer tranken nicht mehr, rauchten nicht mehr, ertrugen den Zigarettenrauch nicht, aßen nur Bioprodukte und blickten im Restaurant ständig auf die Uhr, weil sie nicht später als um zehn Uhr schlafen gehen wollten. Sie kamen ihm vor wie zwei alte Jungfern. Als er ging, fragte er sich, wie er einmal bis über beide Ohren in diesen Mann verliebt gewesen sein konnte.

Er lebte nun seit neun Jahren in Bridlington. Neun Jahre pausenloser Kreativität. Eine so lange ununterbrochene Schaffensperiode hatte er noch nie erlebt, nicht einmal in Kalifornien. Monet hatte dreiundvierzig Jahre in seinem bescheidenen Häuschen in Giverny gelebt, zwischen seiner Köchin, seinem Gärtner, seinem Teich und seinem wunderbaren Atelier: dreiundvierzig Mal Frühling, dreiundvierzig Sommer. David konnte sich kein schöneres Leben vorstellen. Das Büro, das seine geschäftlichen Angelegenheiten regelte, befand sich in Los Angeles und öffnete um zehn Uhr vormittags. In Bridlington war es dann achtzehn Uhr, und so konnte er lange, ruhige Tage genießen, ohne dass kommerzielle Fragen seine Kontemplation störten. Er arbeitete ohne Unterlass, Müdigkeit war ihm fremd.

An einem Oktobermorgen ging er auf dem Weg zum Zeitungskiosk an dem langen Strand entlang, der sich bis zu den weißen Klippen von Flamborough Head nach Osten erstreckte. Während sein Blick über das weite graue Meer und die eisigen Fluten der Nordsee schweiften, fielen ihm die Worte seiner Schwester ein und er musste lächeln: «Manchmal glaube ich, dass der Raum Gott ist.» Ein ebenso zutreffender wie poetischer Gedanke. Auch er war nur glücklich, wenn er viel Raum um sich hatte. Während er noch darüber nachsann, stolperte er plötzlich, obwohl es weder ein Loch im Sand noch einen Stein gab, und fiel hin, zum Glück, ohne sich wehzutun. Er stand auf, kaufte seine Zeitung, kehrte um und ging nach Hause zurück, wo er merkte, dass er seine Sätze nicht zu Ende bringen konnte. Er erkannte den Zusammenhang zwischen seiner Sprachstörung und dem Sturz am Strand. John rief den Notarzt, der nach knapp zehn Minuten eintraf. David hatte einen Schlaganfall erlitten. Zum zweiten Mal im Leben begleitete ihn John ins Krankenhaus, diesmal im Rettungswagen, und hielt seine Hand.

David brauchte Monate, bis er wieder normal sprechen konnte. Er wusste, dass er Glück gehabt hatte: Seine rechte Hand war verschont geblieben. Sie war wichtiger als die Sprache. Es war seine zweite schwere gesundheitliche Krise, die ihn ebenso wenig umgebracht hatte wie die erste. Er hatte keinen Krebs bekommen wie seine Freunde Christopher, Henry und Jonathan, bei ihm war nur eine simple Bauchspeicheldrüsenentzündung diagnostiziert worden. Er war durch die Maschen der Aids-Epidemie geschlüpft. Der Tod spielte mit ihm, brachte ihn ins Wanken, aber letztlich begnügte er sich damit, ihm seine Vergänglichkeit in Erinnerung zu rufen. Die Zeit, die ihm zum Malen blieb, war nicht unbegrenzt.

Nachdem er ausgiebig mit der digitalen Technik experimentiert hatte, bekam er wieder Lust, sich einer traditionellen Technik zuzuwenden, der Kohlezeichnung. Er begann mit dem Baumstumpf, der sein Totempfahl geworden war. Vandalen hatten ihn zerhackt und mit Graffiti beschmiert. Die Schändung löste in David eine tiefe Trauer aus, die in seinen Schwarzweißzeichnungen zum Ausdruck kam. Die Kohle eignete sich perfekt für die Darstellung winterlicher Nacktheit, aber David, der doch immer starke, leuchtende Farben geliebt hatte, wollte sich einer größeren Herausforderung stellen und nahm sich vor, auch die Ankunft des Frühlings in Schwarzweiß zu zeichnen. Geschwächt von seinem Schlaganfall und erschöpft von den Vorbereitungen zu der großen Ausstellung mit Landschaftsbildern, die mit beachtlichem Erfolg bei Kritik und Publikum in der Royal

Academy stattgefunden hatte, ging er um neun Uhr abends schlafen und stand nicht mehr so früh auf. Doch wenn er neben JP, der geduldig las oder Musik hörte, im parkenden Auto saß, arbeitete er stundenlang hochkonzentriert. Er hatte das Tempo gedrosselt, aber das Leben blieb auch mit fünfundsiebzig, nach zwei gesundheitlichen Krisen, noch aufregend.

Als er einmal den zweiten Tag in Folge mit JP unterwegs gewesen war und im Freien gearbeitet hatte, konnte er am Abend kaum noch die Augen offenhalten. Das Zeichnen erforderte eine immense Konzentration und ermüdete die Augenmuskulatur. Er zog sich in sein Zimmer zurück, legte die Hörgeräte ab und fiel, kaum hatte er sich ausgestreckt, in einen tiefen Schlaf, aus dem er erst zehn Stunden später erwachte. Als er morgens in die Küche kam, sah er JP am Tisch sitzen, den Kopf in die Hände gestützt, in einer für ihn ganz ungewöhnlichen Haltung.

«Du bist schon auf, Darling?»

JP hob den Kopf und sah ihn mit einem merkwürdigen Gesichtsausdruck an.

«David …»

Er erkannte den Ton sofort wieder. Diese hohle, metallische Stimme. Er dachte an John und bekam Angst.

«Was ist passiert?»

«Dom … Dom ist tot.»

«Dom?»

Unmöglich. Er hatte ihn doch erst vor zehn Stunden in dieser Küche überrascht, als er sich vor dem Schlafengehen ein Glas Wasser geholt hatte. Dom stand nach vorne gebeugt in T-Shirt und Boxershorts vor dem Kühlschrank, man sah seine von blonden Härchen bedeckten muskulösen Oberschenkel. Er war zusammengezuckt, als er David hörte, und hatte sich mit einem Apfel und einem Joghurtbecher in der Hand umgedreht. Am Dienstag könne er nicht kommen, hatte er noch gesagt, weil er zum Training für ein Rugbyspiel müsse.

David sank auf einen Stuhl, und JP erzählte ihm, was in der Nacht vorgefallen war. John und Dom hatten zwei Tage lang Alkohol und Drogen konsumiert. In der zweiten Nacht hatte Dom nachts um vier John geweckt und ihn gebeten, ihn ins Krankenhaus zu bringen. Er war bleich, aber er schien keine Schmerzen zu haben und konnte sich selbst anziehen, sodass John nicht in Panik geraten war. Gegen fünf Uhr hatten sie das Haus verlassen. Auf dem Weg zur Klinik hatte Dom das Bewusstsein verloren. Die Ärzte hatten ihn nicht mehr reanimieren können. Mehr wusste JP auch nicht.

«Wo ist John?»

«In der Klinik.»

John kehrte in einem Zustand der Erstarrung zurück und musste wenige Tage später selbst in die Klinik eingeliefert werden. Inzwischen hatten David und JP im Badezimmer die leere Flasche mit Abflussreiniger gefunden und begriffen, dass Dom sich das Leben genommen hatte.

David zwang sich, weiter zu zeichnen. Nur die Arbeit konnte ihn ablenken. Nur die Kunst war mächtig genug. Sobald sich sein Blick konzentriert auf einen Grashalm richtete, verflüchtigte sich die Welt. Im Mai zeichnete er jeden Tag jedes neue Blatt, jede neue Knospe, jede neue Blüte. Dann fuhr er mit JP nach London. Er konnte nicht in Bridlington bleiben, wo zu viele Erinnerungen an Dom auf ihn einstürmten.

Wieder hatte der Tod gewütet, zum ersten Mal seit zwölf Jahren, als sein Freund in Los Angeles gestorben war. Er hatte geglaubt, der Tod habe endlich seinen Griff gelockert, doch er hatte grausamer denn je zugeschlagen. Unter seinem Dach, während er schlief. Ganz nahe bei ihm hatte sich ein junger Mann, fast noch ein Kind, zerstört. Er hatte nichts gehört und gesehen. Ein Leben war zu Ende. Das bedeutete auch das Ende ihres Teams, ihrer Familie, der Freiheit, der Freude. Die finstere, morbide Welt der Moral hatte ihn dahingerafft. Als die Aids-Seuche unter seinen Freunden so schreckliche Verwüstungen angerichtet hatte, waren sie alle Opfer gewesen. Sie wollten nicht sterben. Und jetzt hatte sich einer von ihnen, der Jüngste, das Leben genommen. Die kurzsichtigen englischen Nannys würden sich die Hände reiben. Und alle fanatischen Terroristen dieser Erde auch.

David und JP brachen nach Kalifornien auf. Das Haus in der Montcalm Avenue hatte sich nicht verändert. Bunt und leuchtend lag es noch immer versteckt in der dichten tropischen Vegetation, deren intensives Grün aussah wie mit Acrylfarben gemalt. Auch Kalifornien hatte sich nicht verändert, es war so strahlend, aromatisch und sonnig wie eh und je.

Der Himmel war noch immer blau und unbeeindruckt von allen Tragödien. Es tat gut, am Morgen zu erwachen und die Wärme auf der Haut zu spüren, die preußischblaue Treppe zum Swimmingpool hinunterzugehen, der inmitten von Palmen, Fuchsien, Agaven und Aloepflanzen in der Sonne schimmerte. David verließ das Haus nicht und empfing niemanden. Er konnte nicht einmal mehr malen.

Wenn er auf der blau gestrichenen Terrasse saß, hatte er immer wieder Dom vor Augen, wie er sich zum Kühlschrank beugte und überrascht herumfuhr, als David in der Küchentür stand. Er hörte ihn sagen, dass er am Dienstag nicht kommen könne, weil er für ein Rugbyspiel trainieren müsse. Wie in einer Endlosschleife stellte er sich die Szene vor, die er nicht miterlebt hatte: Wie Dom mitten in der Nacht in Johns Bett aufwachte, ins Badezimmer ging, die Plastikflasche in die Hand nahm, die neben der Toilette stand, mit zwei Fingern auf beide Seiten der Verschlusskappe drückte, während er sie aufdrehte. Der Sicherheitsverschluss, der Kinder davor schützen sollte, aus Versehen aus der Flasche zu trinken, hätte ihn vor der tödlichen Gefahr warnen müssen. Dom hatte sich darüber hinweggesetzt. Er hatte die Flasche an die Lippen gesetzt und getrunken, als enthielte sie Wasser oder Whisky und nicht Schwefelsäure zur Reinigung von Rohrleitungen. Dom trank seinen Tod wie Sokrates den Schierlingsbecher. Hatte ihm die blassgelbe Flüssigkeit denn nicht auf der Stelle die Lippen, die Kehle und die Speiseröhre verätzt? War er ins Bad gegangen, um zu pinkeln oder um sich umzubringen? Hatte ihn die Flasche mit dem Abflussreiniger dazu verleitet, aus ihr zu trinken, wie der Abgrund einen von Höhenangst gequälten Spaziergänger in sich hineinzieht? Hatte er sein Tun gleich darauf bereut? Das schien der Fall zu sein, denn immerhin hatte er John geweckt und sich von ihm ins Krankenhaus bringen lassen. David kam über diese entsetzliche Vorstellung nicht hinweg. Es hatte kein Zurück mehr gegeben. Selbst wenn John den Notarzt gerufen hätte, wäre jede Hilfe zu spät gekommen. Die Säure hatte ihr verheerendes Werk bereits getan. Hatte Dom das Bewusstsein verloren, bevor die Schmerzen einsetzten, wie David hoffte?

Warum hatte der Tod ihn selbst nur gestreift und stattdessen einen dreiundzwanzigjährigen Jungen niedergestreckt? Warum war Dom das Opfer? Unablässig kreisten die Fragen in ihm.

Eines Tages sah er JP auf einem gelben Sessel mit hölzernen Armlehnen sitzen, den Kopf in die Hände gestützt, so wie er ihn fünf Monate früher in Bridlington in der Küche vorgefunden hatte. Auf einmal regte sich in ihm der Wunsch, JP in dieser Haltung zu malen. Er bat ihn, sich nicht zu bewegen, holte seinen Skizzenblock und machte sich ans Werk.

Als Nächstes bat er Freunde und Bekannte, ihn zu besuchen und sich von ihm porträtieren zu lassen. Er setzte sie in den gelben Sessel mit den hölzernen Armlehnen und malte sie vor einem blaugrünen Hintergrund, wie schon bei den Aquarellen zehn Jahre zuvor. Er ließ sie nicht JP's Pose einnehmen, mit dem Kopf zwischen den Händen, sondern malte ihre Gesichter. Solange er arbeitete, konnte er den Gedanken an Dom beiseiteschieben. Nein, in Wahrheit verwandelte sich der Gedanke an Dom in Linien, in Bleistiftstriche, in Pinselstriche, in Farben. Die Porträts der Lebenden deckten den Toten nicht zu, sie formten sein Grabmal.

David hatte einen Weg zurück ins Leben gefunden. Er konnte die Lebenden zeichnen und malen. Die wichtige Ausstellung vorbereiten, die im Oktober im De Young Museum in San Francisco stattfinden sollte, und zahlreiche andere, die für London, New York, Los Angeles, Paris, Peking geplant waren. Er konnte zu den Journalisten, die ihn interviewten, und zu dem Regisseur, der einen Dokumentarfilm über ihn drehte, mit Überzeugung sagen: «Ich bin Optimist.» Er war neunundsiebzig. Wegen seiner Schwerhörigkeit strengten ihn soziale Kontakte zunehmend an. Sobald sich mehr als zwei Personen im Raum befanden, verstand er nichts mehr. Er ging nur noch aus dem Haus, wenn es nötig war, zum Zahnarzt, zum Hausarzt, in die Buchhandlung oder in den Marihuana-Laden. Marihuana durfte er zu therapeutischen Zwecken kaufen, als Mittel gegen seine Angstzustände – dabei hatte er am meisten Angst davor, sich kein Marihuana mehr beschaffen zu können, dachte er innerlich schmunzelnd. In einem Jahr würde eine große Retrospektive in der Tate eröffnen, die anschließend im Centre Pompidou und im Metropolitan Museum in New York gastieren sollte. Ein Überblick über sechs Jahrzehnte seines Schaffens. Die Vorbereitung eines solchen Ereignisses erforderte einen immensen Arbeitsaufwand. Wieder einmal verwandelte sich das Atelier in der Montcalm Avenue in einen summenden Bienenkorb. David barst vor Tatendrang und leistete mit seinen Assistenten ganze Arbeit.

Mit dem legal beschafften Joint im Mundwinkel betrachtete er sein jüngstes Werk. Inspiriert von zwei Gemälden, einem von Caravaggio, dem anderen von Cézanne, stellte die iPad-Zeichnung drei Männer reiferen Alters dar, die Karten spielten. Unter den Papierausdruck stellte er die drei Bildschirme, auf denen er die Porträts der Männer gezeichnet hatte, und aktivierte eine Funktion, durch die man vom ersten bis zum letzten Strich genau nachverfolgen konnte, wie das Bild entstanden war. Nun konnte sich David im Zeitraffer selbst bei der Arbeit zusehen, so wie demnächst die Ausstellungsbesucher. Er sah, wie in rascher Folge Linien auftauchen, ein Gesicht entstand, die Hand die Richtung änderte, etwas löschte, das Gesicht drehte, seinen Ausdruck veränderte. Das Werk an der Wand präsentierte zeitgleich die fertige Zeichnung und ihren Entstehungsprozess, ein Arrangement, das wie ein Konzentrat seines gesamten Œuvres wirkte. Morgen würde er ein anderes Projekt in Angriff nehmen und drei Männer malen, die rauchten. Tabak oder Marihuana? Der Geruch würde sie nicht verraten. Ein wenig Propaganda konnte nicht schaden. Und noch eine Bildidee formte sich bereits in seinem Kopf, eine Verkündigungsszene à la Piero della Francesca. Eine kalifornische Verkündigung in psychedelischen Farben, ähnlich der *Bergpredigt* nach Lorrain. Eine Feier der Geburt, der Liebe, des Lebenszyklus, eine wahre Farbexplosion. Nach den dunklen Kohlezeichnungen aus England bedeutete die Rückkehr nach Kalifornien auch eine Rückkehr zu den lebhaftesten und kühnsten Farben der Palette.

Auf die Landschaften folgten die Porträts. Auf den Winter der Frühling. Auf die digitale Technik die Hand. Auf das Aquarell das Öl. Auf die Kohle die Farbe. Auf England Kalifornien. Auf die Tragödie die Freude. Auf die Nacht die Morgendämmerung. Auf die Leere die Schöpfung. Und so immer weiter. Es war ein ewiges Wechselspiel. Auf überflüssige Fragen bekam man keine Antwort. Es gab nur Kreisläufe. Das Leben war kein gerader Weg mit einer Linearperspektive. Es wand sich, stockte, führte weiter, beschrieb eine Kehrtwendung, einen Satz nach vorn. Zufälle und Tragödien gehörten zum großen Plan. Der große Plan und die Zeichnung – waren sie nicht im Grunde identisch? Die Fähigkeit, im Chaos der Welt eine Ordnung zu erkennen. Das war es, was David an der Kunst interessierte, was er bei seinen Lieblingsmalern Piero della Francesca und Claude Lorrain so schätzte: das komplexe Gleichgewicht der Farben und entgegengesetzten Elemente, die Frage nach der Stellung des Menschen im Raum, das Gefühl, dass er nur ein kleiner Teil des großen Ganzen war. Der Künstler als Priester des Universums.

Es gab nur eine Gewissheit: Sobald ein Kind einen Stift halten konnte, hinterließ es eine Spur. Seit Anbeginn der Zeit versuchte der Mensch, sein Staunen angesichts einer dreidimensionalen Welt in zwei Dimensionen auszudrücken. Und es war noch lange kein Ende in Sicht.

# DANK

Für ihre Lektüre und ihre Ermutigung danke ich
Luciana Floris, Mylène Abribat, Charles Kermarec,
Hélène Landemore, Ben Lieberman, Mirjana Ciric,
Gordana de la Roncière, Hilari Allred, Jacqueline
Letzter, Wadie Sanbar, Rosine Cusset, Richard
Hine, Alessandro Ricciarelli, Jennifer Cohen, Shel-
ley Griffin, Catherine Texier, Nathalie Bailleux und
Anne Vijoux.

Ich danke meinem Lektor Jean-Marie Laclavetine
sowie Antoine Gallimard für ihre unermüdliche
Unterstützung.

# AUSGEWÄHLTE LITERATUR

*(in der Reihenfolge ihrer Bedeutung für diesen Roman)*

Hockney, David: *My Early Years*. London: Thames and Hudson 1976.

– : *Die Welt in meinen Augen*. Autobiographie. Hg. von Nikos Stangos. Aus dem Englischen von Pociao und Roberto de Hollanda. Köln: vgs 1994.

– : *Secret Knowledge: Rediscovering the Lost Techniques of the Old Masters*. London: Thames and Hudson, 2nd, revised edition, 2006.

– : *Geheimes Wissen. Verlorene Techniken der Alten Meister wieder entdeckt von David Hockney*. München: Knesebeck 2001.

Sykes, Christopher Simon: *David Hockney: A Rake's Progress. The Biography, 1937 – 1975*. New York: Doubleday 2014.

– : *David Hockney: A Pilgrim's Progress. The Biography, 1975 – 2012*. New York: Doubleday 2014.

Weschler, Lawrence: *True To Life: Twenty-Five Years of Conversations with David Hockney*. Berkeley, Los Angeles, London: University of California Press 2008.

– : *David Hockney: Camera Works*. München: Kindler 1984. (Das fotografische Werk Hockneys, Texte in deutscher Sprache.)

Gayford, Martin: *A Bigger Message. Gespräche mit David Hockney*. Bern: Piet Meyer Verlag 2012.

Ottinger, Didier (Hg.): *David Hockney*. Paris: Éditions du Centre Pompidou 2017.

Rowley, George: *Principles of Chinese Painting*. Princeton: Princeton University Press 1947.

Livingstone, Marco und Heymer, Kay: *Hockney's Portraits and People*. London: Thames and Hudson 2003.

– : *Hockneys Freunde: Porträts von 1954 bis 2002*. Aus dem Englischen von Bernadette Ott und Rita Seuß. München: Knesebeck 2003.

Barringer, Tim und Devaney, Edith: *David Hockney: A Bigger Picture*. London: Royal Academy 2012. (Eine deutsche Ausgabe dieses Ausstellungskatalogs ist unter demselben Titel 2012 bei Hirmer, München, erschienen.)

Benefield, Richard, Lawrence Weschler, Sarah Howgate und Gregory Evans: *David Hockney. A Bigger Exhibition*. Fine Arts Museum of San Francisco 2014.

*Artikel*

Peter Fuller, «An interview with David Hockney». London, *Art monthly*, November 1977, no. 12, p. 4-10.

Hilton Kramer, «The Fun of David Hockney», in: *The New York Times*, 4 November 1977.

Nigel Bunyan, «David Hockney assistant died after drinking drain cleaner, Inquest told», in: *The Guardian*, 29 August 2013.

Simon Hattenstone, «David Hockney: Just because I'am cheeky, doesn't mean I'am not serious», in: *The Guardian*, 9 May 2015.

*Filme*

Philip Haas und David Hockney, *A Day on the Grand Canal with the Emperor of China or: Surface Is Illusion But So Is Depth.* Film, 46 Minuten, 1988.

Jack Hazan, *A Bigger Splash, starring David Hockney.* Film, 105 Minuten, 1975.

Randall Wright, *Hockney.* Film, 112 Minuten, 2016.